DÉFI SUPRÊME

TAMARA BALLIANA

OLIVIA RIGAL

ISBN : 9791096949519

———

Impression à la demande

Dépôt légal : Novembre 2023

CHAPITRE 1

DAN

Le mois de décembre à Washington me procure toujours des sentiments ambivalents. D'une part, j'apprécie que les rues se parent de leurs plus beaux atours pour ajouter un peu de féérie à cette ville, que je trouve parfois sans âme. De l'autre, il me faut endurer toute une saison d'événements politiques et mondains qui s'étirent de Thanksgiving à la mi-janvier et pour lesquels j'ai une aversion profonde.

Il y a quelques années, quand Garrett Smith m'a proposé de quitter le service actif dans les Marines pour le rejoindre à Washington, je n'ai pas hésité une seconde. J'ai adoré le terrain, mais la promesse de travailler quasi directement avec le Président vaut bien de supporter les étés suffocants de la capitale fédérale et ses hivers rigoureux. Bref, j'aime mon job, sauf peut-être au mois de décembre, quand celui-ci devient une longue série de représentations plus fastueuses et ennuyeuses les unes que les autres.

Alors bien entendu, j'ai toujours l'option de rester tranquillement chez moi, une bière à la main, à regarder le championnat de NFL, mais ce serait mal faire mon travail.

La dimension politique est plus qu'importante. Être à ces événements, c'est avoir l'opportunité d'observer, entendre les rumeurs, savoir qui parle avec qui, être au fait des alliances les plus officieuses. On trouve de tout dans ces soirées : des ministres aux ambassadeurs en passant par les lobbyistes et les lanceurs d'alertes, tout le monde répond présent pour se gaver aux frais de la princesse. Recevoir un carton d'invitation, c'est avoir une place au premier rang pour examiner ceux qui vont prendre les décisions qui vont impacter un pays tout entier, voire le monde. C'est terrible en un sens de constater qu'une loi ou un traité de paix peuvent être négociés entre une flûte de champagne et un toast au caviar, mais c'est ainsi que fonctionne notre société. Je suis bien placé pour le savoir.

Je tends ma clé au voiturier qui se précipite dans ma direction. Ce soir, c'est une grande entreprise pétrolière qui reçoit pour son bal de Noël au National Building Museum. Il y a quelques noms de célébrités annoncés, mais moi, ce ne sont pas les "people" qui m'intéressent, mais bien les dignitaires des pays du Moyen-Orient qui seront présents. Ainsi que quelques chefs d'entreprise ayant, tout comme notre hôte, des intérêts dans cette région du monde.

Je sors mon invitation de la poche intérieure de mon smoking. L'épaisseur du carton et les lettres dorées confirment ce que je sais déjà : le faste sera de mise. Je boutonne ma veste tout en m'avançant vers le bâtiment Renaissance. À peine la porte passée, je suis accueilli par des hôtesses aux robes de velours rouge s'accordant au thème de la décoration, je suppose. L'une d'entre elles m'adresse un sourire bien plus prononcé que nécessaire, avant de consulter sa liste. Elle susurre ensuite :

— Bienvenue, monsieur Patterson, je vous souhaite une agréable soirée et un joyeux Noël.

— Merci, à vous aussi, réponds-je avec un sourire poli.

J'aurais peut-être dû venir accompagné pour éviter les scènes de ce genre. Si je suis présent pour des raisons professionnelles, certains voient dans ces soirées l'occasion de faire des rencontres parmi un public trié sur le volet. Très peu pour moi. Je n'aime pas mélanger travail et plaisir. Je suis déjà passé par là et j'ai appris de mes erreurs. Sans parler du fait que je préfère rester discret sur mes relations. Dans ce milieu, les esprits ne sont pas toujours très ouverts. Si certains se moquent bien du fait que je sois gay, d'autres le tolèrent tant que je ne l'affiche pas, et je ne parle même pas de ceux qui, s'ils le découvraient, me tourneraient directement le dos.

Je suis donc condamné à endurer seul cette longue série d'événements. Au moins, ce soir j'ai la chance que Garrett et sa fiancée Jenna soient aussi de la partie.

C'est cette dernière que je repère immédiatement… grâce à son rire. Quand je constate qu'elle est en pleine discussion avec le ministre de la Défense, alias mon patron, j'hésite à faire demi-tour. Mais Garrett à ses côtés m'a repéré et son regard indique clairement : *n'imagine même pas t'échapper*. Le ministre est aussi drôle qu'un formulaire des impôts, ce qui confirme que Jenna est une excellente comédienne et surtout une partenaire idéale pour Garrett. J'ai toujours pensé que mon supérieur et meilleur ami finirait sa vie seul, un peu comme moi. L'exigence de notre métier requiert des sacrifices et c'est souvent la sphère privée qui trinque. Mais la jolie rousse a réussi à faire succomber l'inflexible conseiller spécial du Président et à charmer ce dernier, qui s'est même fendu d'une petite visite à leur fête de fiançailles.

Je m'approche et quand je croise le regard de Jenna, pendant une seconde, il m'implore : *sauve-moi !* avant qu'elle ne fasse à nouveau mine d'être fascinée par les explications du ministre.

— Bonsoir ! lancé-je en me joignant à eux.

Le ministre me jette un regard noir, signifiant qu'il n'apprécie pas l'interruption, mais je l'ignore. Je le salue poliment :

— Monsieur le Ministre.

Avant de m'exclamer :

— Jenna ! Tu es magnifique ! Cette robe !

Je l'attire à moi pour une accolade. J'entends Garrett grogner pour la forme. Je chuchote à son intention :

— Toi aussi, tu es très beau.

Il me fait les gros yeux, ce qui m'amuse d'autant plus. J'échange quelques mots avec leur petit groupe avant de lancer :

— Vous permettez que je vous enlève Jenna ? Il faut absolument que je lui parle de quelque chose au sujet des fleurs de son mariage !

J'accroche le bras de la future mariée au mien avant d'avoir reçu une réponse. De toute manière, je ne leur demandais pas réellement leur avis. Nous faisons quelques pas et Jenna se penche pour me dire d'une voix mi-amusée mi-coupable :

— J'ai de la peine pour Garrett, le laisser seul avec le ministre...

— Ne t'inquiète pas pour lui, il est payé pour ça. Quant à toi, tu es bien trop élégante ce soir pour te contenter de rester dans un coin. Et tu as déjà effectué ta B.A. en discutant avec ce somnifère sur pattes.

— As-tu vraiment un truc à me dire sur les fleurs du mariage ? demande-t-elle en se doutant probablement de la réponse.

— J'ai une tête à m'y connaître en fleurs ?

— Je ne sais pas, ça fait peut-être partie de tes talents cachés.

Je grimace.

— J'ai bien peur de te décevoir sur ce coup-là. La déco et moi, ça fait deux.

— Au point de ne pas apprécier celle de ce soir ?

Je jette un coup d'œil circulaire sur la salle. Les lieux sont magnifiques à la base. Le grand hall du National Building Museum est connu pour son architecture remarquable, avec ses colonnes corinthiennes parmi les plus grandes au monde. Mais il faut dire que les organisateurs se sont surpassés aujourd'hui pour le sublimer. Des guirlandes de résineux, agrémentées de boules rouges et or, ornent les balcons, alors qu'un énorme sapin trône au centre de la pièce. Autour de celui-ci, un bar circulaire est pris d'assaut par les convives.

— Un peu tape-à-l'œil, mais c'est sympa, admets-je.

— Au fait, en parlant de déco et de mariage, tu ne nous as pas renvoyé le carton réponse.

Je la dévisage comme si elle avait perdu la tête.

— Bien évidemment que je serai là ! Je suis le témoin de Garrett !

— Oui, mais est-ce que tu viens accompagné ?

J'enfonce mes mains dans mes poches en soupirant.

— Tu as déjà la réponse à cette question, Jenna.

Elle lève les yeux au ciel.

— Qu'est-ce que j'en sais ? Tu pourrais très bien avoir quelqu'un que tu vois… et dont tu ne nous aurais pas encore parlé.

— Si je ne vous l'ai pas encore présenté, je ne vais certainement pas l'emmener à votre mariage dans quelques mois.

— Et pourquoi ça ? Tu sais, ça peut aller très vite ces choses-là, regarde Garrett et moi…

— Vous vous connaissez depuis des années, rétorqué-je.

— On se détestait ! Il n'a fallu que quelques jours pour qu'on change d'avis.

Je me garde bien de lui dire que de mon point de vue, Garrett a été raide dingue d'elle dès le jour où elle a croisé sa route. Cependant, il a dû combattre son sens de l'honneur pendant très longtemps. Mais elle doit déjà le savoir.

— Bref, je ne risque pas de venir accompagné puisque pour ça, il faudrait déjà que je rencontre quelqu'un.

— Ça aussi, ça peut vite arriver. Et puis avec les fêtes qui arrivent, la magie de Noël… Tu rentres voir ta famille dans le Colorado ? Il n'y aurait pas un bûcheron grognon et sexy qui n'attendrait que toi, là-bas ? Quoiqu'à bien y réfléchir, je n'ai pas envie que tu déménages à l'autre bout du pays, ajoute-t-elle avec une moue perplexe.

— Je vais dire à Garrett de t'interdire les comédies de Noël, râlé-je.

— En parlant du loup, on dirait qu'il est enfin parvenu à s'échapper des griffes du ministre. Je vais aller le rejoindre, tu viens ?

— Je vous retrouve plus tard, je vais aller prendre un verre au bar.

Je fais patiemment la queue, saluant au passage quelques connaissances, puis commande un whisky. Je décide de commencer à le siroter au bar, pas encore prêt à m'engager dans le jeu des conversations polies et sans charme.

Je songe à la question de Jenna. Est-ce que j'aimerais être accompagné à son mariage, tout comme à ce genre de soirée ? Bien entendu. J'ai passé l'âge des coups d'un soir et j'arrive à une période de ma vie où j'aspire à un peu de stabilité. Si sur le plan professionnel, c'est déjà le cas, d'un côté plus personnel… c'est bien plus compliqué. Je pensais l'avoir trouvée, il y a quelque temps, mais je m'étais trompé. Il n'y a pas besoin d'être un fin psychologue pour deviner pourquoi j'ai du mal à refaire confiance à quelqu'un. Quand on a été trahi par la personne qu'on imaginait être la bonne, les blessures sont profondes et mettent du temps à cicatriser.

Alors que je suis perdu dans mes pensées qui dénotent avec l'esprit de Noël, je ressens une sensation étrange, comme si j'étais observé. C'est un sixième sens que j'ai acquis dans l'armée et qui s'est avéré utile plus d'une fois. Je relève la tête et scanne les gens autour de moi : un couple de personnes âgées, un ambassadeur asiatique, une fonctionnaire du ministère de l'Industrie… que des visages connus. Mis à part un : un homme, d'une trentaine d'années environ, les cheveux bruns et la peau mate. Il est installé au bar dans une position similaire à la mienne. Sentant que je l'observe, son regard se braque sur moi : noir, profond. Je sais instantanément que c'est lui qui me fixait, il y a quelques secondes. Je sais aussi que je ne l'ai jamais rencontré. J'ai une bonne mémoire des visages et je suis certain que je n'aurais pas oublié celui-ci. Des pommettes saillantes, des lèvres pleines, des yeux à la lueur audacieuse qui m'hypnotisent.

Je m'attarde probablement trop longtemps sur lui. Il s'en rend compte. Un sourire étire doucement ses traits, il saisit son verre et le lève comme pour me saluer. Il le porte ensuite à sa bouche. Je suis chacun de ses mouvements : sa façon de déglutir, sa pomme d'Adam qui roule dans sa gorge, la manière dont sa main empoigne le verre.

— Dan Patterson ?

Je cligne des yeux, rappelé soudainement à la réalité. Je me tourne pour me retrouver nez à nez avec la femme qui vient de m'interpeller : une assistante du cabinet du Président. Je la salue et entame la conversation avec elle. Au bout de quelques secondes, je jette un coup d'œil en direction de l'endroit où se trouvait l'inconnu. Il a disparu.

CHAPITRE 2

ERIK

Dan Patterson… c'est bien ce que je pensais.

Quand on travaille pour les services de renseignements, on est forcément discret sur sa vie privée, mais là, le dossier était désespérément vide.

Plus vide encore que celui de son patron qui, s'il faut en croire les données rassemblées par mon équipe, aurait connu une longue traversée du désert entre la dernière année de lycée et son actuelle fiancée.

Je n'y crois pas une seule seconde. Deux mecs aussi canon ont nécessairement une vie… et maintenant que je l'ai vu en personne, je comprends mieux l'absence d'information sur les relations amoureuses du beau monsieur Patterson. On a beau être au 21ème siècle, les militaires ont encore du chemin à faire avant de nous accueillir à bras ouverts.

Depuis la table à laquelle je me suis installé, dans le cadre d'un repli stratégique, j'observe ma proie en envisageant plusieurs manœuvres d'approche. Quoi que je décide, je ne vais mettre aucun plan en route immédiatement. En tout cas, pas ce soir, pas ici. Mais qui sait ? Peut-être un peu plus tard. Nous pourrions nous croiser à nouveau, par hasard, dans le bar dans lequel il a l'habitude d'aller boire un verre en fin de soirée.

Le regard que nous avons échangé il y a quelques instants a été assez long et assez parlant pour qu'il se souvienne de moi, au moins quelques jours. Je suis loin d'être aussi beau gosse que lui, mais j'ai un visage plutôt mémorable.

Ce que j'ai découvert dans ses yeux joue clairement à mon avantage. L'espace d'un instant, je me demande ce que j'aurais fait si nos chemins s'étaient croisés par hasard. Je ferme les yeux et joue la scène dans ma tête : j'aurais contourné le bar et je me serais présenté. Juste un prénom et une invitation à poursuivre la soirée ailleurs, en plus petit comité.

Les choses auraient été claires : deux adultes curieux de savoir si le courant passé entre eux au premier regard est de nature à faire des étincelles. À peine quelques mots échangés, aucune promesse. Une rencontre furtive sans lendemain.

Je nous vois sortir en silence du musée et nous éloigner de quelques pâtés de maison. À la recherche d'un bar ? Non. D'un hôtel ? Non plus. Nous aurions été trop impatients. Nous aurions couru dans la première allée sombre… je l'aurais pris par la main et attiré derrière une voiture. Un de ces gros 4x4 que les citadins de la capitale affectionnent tellement. Je l'aurais collé contre la portière en écrasant sa bouche sous la mienne. Nos mains auraient fiévreusement glissé entre nos jambes histoire de confirmer que nous étions bien dans le même état. Il aurait éloigné sa bouche de la mienne pour me décocher un sourire narquois.

— Satisfait de ce que tu trouves ? aurait-il demandé sur un ton confiant.

Pour lui répondre, je me serais accroupi devant lui et me

serais attaqué à sa ceinture. J'aurais fait glisser son pantalon le long de ses cuisses puis sorti son sexe de sa prison de tissu pour lui montrer mes talents et…

Une voix féminine fait dérailler mon fantasme.

— Erik !

Je rouvre les yeux sur la superbe Tania, une assistante junior du cabinet du président des États-Unis que j'ai rencontrée peu après mon arrivée à Washington. Bien que j'aie rapidement compris qu'elle n'était pas assez haut placée dans la hiérarchie pour me permettre de parvenir à mes fins, je n'ai jamais rompu le lien.

— Mon ami Dan me dit que vous ne vous êtes jamais rencontrés ! s'exclame la jeune femme en s'effaçant pour laisser la place à l'objet de mon fantasme.

Mes plans pour une approche en douceur tombent à l'eau. Mais de toute manière, je suis incapable de m'en souvenir alors que le regard clair de Dan Patterson se pose sur le mien. Il a beau être impassible, il n'en reste pas moins hypnotisant.

— Erik, je te présente Dan Patterson, continue Tania. Dan est un ancien militaire de carrière qui a abandonné l'uniforme pour venir travailler pour la Maison-Blanche. En toute honnêteté, je dois t'avouer que je n'ai pas la moindre idée de ce qu'il fait. C'est sans doute mieux comme ça parce que je crois que si je l'apprenais, il faudrait qu'il me tue !

Tania rit aux éclats de sa propre blague. Dan et moi nous contentons d'un sourire poli.

Alors qu'elle se tourne vers lui pour me présenter à sa manière, nous échangeons un regard consterné. Mais en réalité, je suis ravi de l'intervention de Tania.

Tout d'abord parce que son introduction est parfaitement innocente. J'imagine que Dan doit aussi savoir que la jeune femme ne doit pas sa position à sa nature joyeuse ou à ses capacités intellectuelles. Non, elle la doit à la très généreuse contribution que son père a faite pour la campagne de l'occupant actuel de la Maison-Blanche.

Ensuite et surtout parce que là, à la seconde, je préfère ne pas avoir à me mettre debout. La position assise est bien plus pratique pour dissimuler l'érection provoquée par mon petit moment de rêverie que je ne pense pas pouvoir calmer, même en renversant un cocktail glacé sur mon pantalon. Alors oui, je n'ai qu'une seule envie, c'est que la brave Tania prenne tout son temps pour me présenter…

— Dan, je te présente Erik… et non, je ne tenterai même pas de te donner son nom de famille parce qu'il est imprononçable, du genre cent cinquante syllabes et quatre consonnes pour chaque voyelle. Mais par contre, je peux te dire qu'il vient d'un de ces pays en *stan*.

Dan lève un sourcil interrogateur et masque difficilement un sourire. Il a bien compris que la géographie n'était pas le fort de Tania.

— Tu sais, comme l'Afghanistan, le Kazakhstan ou le Pakistan. Mais lui, c'est… attends, ne me dis rien, ça va me revenir… le Terekstan. Avant de le rencontrer, je n'en avais jamais entendu parler !

Dan lève les yeux au ciel et Tania vire au rouge écarlate. Je crois qu'elle vient de comprendre qu'elle a fait une gaffe et que je pourrais prendre son ignorance comme une insulte envers mon pays. J'imagine que les prochaines phrases qui vont sortir de sa bouche vont être une tentative de rattrapage et je crains fort qu'elle ne fasse que s'enfoncer davantage.

— Mais après avoir rencontré Erik, je suis allée voir sur une carte et ce n'est pas un petit pays. C'est super grand. Il y a des montagnes et des forêts et même une très jolie station balnéaire sur la mer Caspienne.

— Astaku, dis-je en me redressant enfin. C'est là d'où

vient toute ma famille. Un véritable paradis sur terre. Le tourisme n'y est pas encore très développé, mais le Terekstan va vite rattraper son retard en ce domaine.

Les yeux dans les yeux, Dan et moi échangeons une poignée de main ferme et silencieuse.

Pas besoin de mots quand tout peut se dire en un seul regard. J'apprécie son mutisme. Dans notre monde, les gens ont l'hyperbole si facile et l'enthousiasme de façade masque le plus souvent un ennui profond.

Tania nous regarde tour à tour puis nous annonce qu'elle doit aller rejoindre son fiancé qui lui fait signe depuis une autre table. Dan et moi nous contentons de hocher la tête.

Dans ses yeux, je reconnais la faim dévorante qui m'habite trop souvent. Est-il aussi passionné que moi ?

Pas seulement au lit, mais aussi dans la vie de tous les jours ?

Pourquoi s'est-il engagé dans l'armée ? C'est le grand point d'interrogation de son dossier. Grâce à des bourses au mérite, il a fait de brillantes études. Avec ses diplômes, il aurait pu servir son pays de bien d'autres façons. Contrairement à moi, il avait l'embarras du choix. Ou peut-être pas ? Peut-être qu'après avoir démontré ses capacités intellectuelles à l'université, il avait besoin de se prouver autre chose ?

C'est certain, Dan est un puzzle intéressant que j'aimerais bien résoudre.

— Tania n'a pas achevé sa présentation, finit par dire Dan. Vous êtes à Washington depuis longtemps ?

— Juste quelques mois.

— Votre anglais est parfait. Je ne détecte aucun accent.

— C'est que j'ai vécu aux États-Unis pendant un an quand j'étais ado. Et surtout parce que je viens d'une famille de musiciens. Quand on a la chance d'avoir de l'oreille, on saisit bien les sons et de fait, on les prononce mieux.

Devinant que sa prochaine question va porter sur mon activité et que ma réponse sera de nature à le mettre sur la réserve, je décide d'éluder cette partie de la conversation et de voir si nous ne pourrions pas jouer en vrai la scène qui me passait par la tête, il y a juste quelques minutes.

Il est temps de passer du *vous* au *tu*.

— L'alcool est excellent ici, mais pour l'ambiance, on a vu mieux. Que dirais-tu d'aller faire un tour, pour voir si on ne trouverait pas mieux ailleurs ?

Dan hésite. Il regarde autour de nous comme s'il cherchait quelqu'un.

— Tu es venu seul ? me demande-t-il.

— Oui, et toi ?

— Aussi.

— Alors, rien ne nous retient.

Dan hésite encore.

Merde, j'espère que je ne suis pas allé trop vite.

CHAPITRE 3

DAN

Je ne sais pas grand-chose sur cet Erik, mais il y en a une de certaine : il est direct.

J'ai passé une bonne partie de la soirée à pratiquer l'art de la conversation inutile et quand j'ai enfin retrouvé la trace du mystérieux inconnu rencontré au bar, je n'ai plus pu le lâcher des yeux.

Il n'est pas d'une beauté classique qui fait tourner les têtes, mais il a quelque chose de magnétique, si bien que Tania s'est vite rendu compte que j'étais distrait. Quand elle m'a proposé de me le présenter, j'ai été tenté de refuser. Mais la curiosité a pris le dessus. Les visages que l'on voit dans ces soirées sont toujours les mêmes et je suis certain de ne l'avoir jamais croisé. Il vient d'expliquer qu'il est originaire du Terekstan, un pays où notre hôte, l'entreprise PetroTech, a plusieurs exploitations. Sans doute un de ses cadres dirigeants ?

Une question que je lui poserai plus tard. Pour l'instant, je dois trouver une réponse à la sienne. Est-ce que je suis prêt à le suivre ailleurs ? La partie rationnelle de mon cerveau me dit que j'ai encore des gens à saluer. La partie irrationnelle quant à elle…

Les lèvres pleines d'Erik affichent un sourire amusé. Il est lucide sur le combat que je me livre intérieurement. Il s'approche, me frôle en me chuchotant :

— Dommage, moi qui pensais que les Américains savaient profiter de leurs libertés…

Il fait un pas pour s'éloigner et sans même y réfléchir, j'attrape son bras. Il se tourne vers moi, plus surpris que gêné, et je le lâche aussitôt.

Merde, on pourrait nous voir.

Ce n'est pas que j'aie un souci avec ma sexualité, mais je suis au fait qu'être discret est requis dans ce monde. Je suppose que c'est pareil pour lui, surtout qu'il vient d'un pays où l'homosexualité est encore punie par la loi.

— Désolé…

Il hausse un sourcil, attendant patiemment la suite. Jusqu'à cette seconde, je ne sais pas vraiment quoi lui dire. Mais je suis certain d'une chose : je ne veux pas qu'il parte. Je ne sais pas si cela a à voir avec le fait qu'il m'intrigue, que je me sens seul, ou peut-être même que ça fait trop longtemps que je ne me suis pas envoyé en l'air, mais j'ai envie qu'il reste.

— Je connais un endroit… m'entends-je dire.

Un sourire sexy s'étire sur son visage. J'ai toujours eu un faible pour les bruns ténébreux en smoking, mais là, j'ai l'impression d'être en pleine combustion. C'est plutôt dangereux lors d'une soirée pétrolière, partir est la meilleure solution.

— Je t'attends dehors dans dix minutes, dit-il avant de tourner les talons comme si de rien n'était.

Je le regarde fendre la foule, un peu sonné par ma décision et surtout charmé par la vision qui s'offre à moi. Le côté pile est tout aussi appétissant.

Bordel, Dan ! Arrête de penser avec ta queue ! Tu es dans une soirée pro !

En même temps, je vais la quitter d'ici quelques minutes, et ce que m'a proposé cet Erik, ce n'est clairement pas d'aller faire une partie d'échecs. Moi qui songeais il y a encore quelques minutes avoir passé l'âge des coups d'un soir… Il faut croire qu'il a su me convaincre du contraire. J'en ris presque. Me convaincre ? Il n'a pas aligné plus d'une dizaine de mots. Il lui a fallu un regard, un défi susurré d'une voix rauque, et je balance tous mes principes par-dessus bord !

Je jette un coup d'œil autour de moi, les convives continuent leurs conversations, complètement inconscients de la discussion que je viens d'avoir avec Erik. Tania a rejoint son fiancé et ils échangent un baiser bien trop équivoque, vu le lieu où nous nous trouvons. À quelques mètres d'eux, Garrett tient amoureusement Jenna par la taille. On dirait que tous les gens qui m'entourent auront une fin de soirée bien plus sympa que celle qui m'attend, seul dans mon grand appartement. Moi aussi j'ai envie d'un peu de chaleur humaine.

Il ne m'en faut pas plus pour que je me mette à marcher en direction de la sortie. J'envoie un message à Garrett pour le prévenir de mon départ, ne voulant pas le déranger dans sa conversation avec le directeur de PetroTech. Peut-être également parce qu'il y a ce soupçon d'adrénaline qui me pousse à ne pas perdre une minute.

L'hôtesse trop avenante de tout à l'heure me lance un :

— Vous partez déjà ?

— Je suis attendu, réponds-je en esquissant plus une grimace qu'un sourire.

Je suis attendu.

Voilà quelque chose que je n'ai plus dit depuis longtemps.

Je sors du musée, l'air glacial de décembre saisit mes poumons. J'ai laissé mon manteau dans la voiture, pensant que je n'aurais que quelques mètres à faire entre celle-ci et l'entrée, et je m'en veux maintenant. Mais quand je tourne la tête, je le vois. Il m'attend. Le froid est oublié.

En quelques pas, je le rejoins. Nous ne prononçons pas un mot, nous commençons à marcher dans les rues de Washington, l'un à côté de l'autre, comme si briser le silence allait faire éclater notre bulle.

Nous arrivons devant le premier bar auquel j'ai pu penser, qui avait à la fois l'avantage de se trouver dans le quartier et celui de nous procurer une certaine discrétion. Enfin, si on entend par discrétion le fait de n'avoir aucune chance de croiser un des convives de la soirée. Parce que pour le reste, c'est tout sauf sobre.

Au moment où le videur ouvre la porte, la musique électro nous assaille de façon assourdissante. Pas vraiment le genre d'ambiance idéale pour discuter. Mais sommes-nous là pour ça ? Pas vraiment. Si j'en crois l'expression d'Erik, cela n'a pas l'air de le gêner, bien au contraire.

— Cette soirée prend une tournure intéressante, déclare-t-il à mon grand soulagement.

Nous nous frayons un chemin parmi la foule déjà dense à cette heure-ci. Il est encore tôt pour l'endroit, je ne m'attendais pas à autant de monde. Nous dénotons un peu avec nos smokings au milieu des tenues colorées et excentriques que nous pouvons croiser, mais personne ici n'aurait l'idée de nous juger là-dessus.

Nous atteignons le bar et je l'interroge :

— Qu'est-ce que tu bois ?

— Un whisky, répond-il.

Je me demande si c'est une coïncidence qu'il choisisse mon breuvage de prédilection ? Peut-être m'a-t-il observé pendant la soirée. Mais à bien y réfléchir, je crois que c'est également ce qu'il buvait là-bas. Je passe la commande auprès d'une serveuse qui a plus de piercings visibles qu'un détecteur de métaux ne pourrait en supporter. Le temps qu'elle nous serve, je fais face à Erik qui ne cache même pas qu'il est en train de me mater. Cette découverte n'arrange en rien le feu qui brûle dans mon bas-ventre. Quand était-ce, la dernière fois qu'un mec m'a ouvertement fait comprendre qu'il me désirait ?

Il y a beaucoup trop longtemps.

C'était…

Je refuse de me laisser aller de ce côté-là. Cette soirée n'a rien à voir. Je ne cherche pas l'homme de ma vie, juste un moyen de relâcher un peu le stress, de m'amuser. C'est à ça que servent les fêtes de fin d'année, non ? Oublier le train-train quotidien du reste de l'année.

— Alors, Dan, d'où viens-tu ?

Sa question me ramène au présent. Je cligne des yeux et pendant ce temps, il ajoute :

— Ne me dis pas que tu es né ici ? Tu n'as pas la tête à être le fils d'un bureaucrate.

Sur ce point, il a vu juste. J'ai tendance à me méfier des questions personnelles, mais je suppose que ce n'est rien de plus qu'une façon de briser la glace. Et lui m'a déjà dit d'où il vient, ce n'est que lui rendre la pareille.

— Colorado.

— Mmmh, dit-il en hochant la tête. Les grands espaces…

— J'ai grandi à Denver, à vrai dire…

Il a l'air déçu.

— Aucune chance alors que tu possèdes un chapeau de cow-boy ?

Je ris.

— Si, j'en ai un. Même plusieurs. Mes grands-parents ont un ranch au sud de la ville. Je sais me débrouiller sur un cheval et avec les animaux en général. Je ne suis pas qu'un gars de la ville.

— Je n'ai aucun doute que les jeans te vont aussi bien que les smokings, dit-il en me décochant un clin d'œil.

Je sens la chaleur me monter aux joues. J'ai quoi ? Quinze ans ? Heureusement pour moi, nos verres qui arrivent me permettent de cacher mon embarras. Je saisis le mien, frôlant au passage les doigts d'Erik qui effectue une manœuvre similaire. Je m'apprête à en avaler une gorgée, mais Erik semble moins pressé, il porte un toast :

— Aux rencontres prometteuses.

Ses yeux noirs s'embrasent et je reprends d'une voix rauque :

— Aux rencontres prometteuses.

La brûlure du whisky, d'habitude familière, me paraît décuplée sous son regard scrutateur. C'est comme si toute son attention était braquée sur moi. La réciproque est probablement vraie. Je ne suis pas conscient de ce qu'il se passe autour de nous. Tout est devenu flou : la musique, les corps qui dansent. Erik lèche ses lèvres et je sens la délicieuse tension s'accentuer dans mon bas-ventre.

Nous sommes très proches, je peux ressentir son souffle sur mon visage.

— Bon, mais pas autant que celui de tout à l'heure.

Il me faut une seconde pour comprendre qu'il parle du whisky.

— Euh… ouais.

Ma réponse semble l'amuser.

— Tu n'es pas très bavard, Dan…

Je n'ose lui rétorquer que c'est plutôt un atout dans mon métier. Ça ne le regarde pas. De toute façon, avant que j'aie le temps de dire quoi que ce soit, il enchaîne :

— Ce n'est pas bien grave, je préfère l'action aux mots.

Il se penche et sa bouche effleure la mienne, je ne sais pas si c'est un test. Mais cela provoque une étincelle en moi. Je presse mes lèvres contre les siennes, à la manière d'un homme affamé. Il me répond avec la même fougue, ouvrant la bouche pour que je puisse venir faufiler ma langue contre la sienne. Elles jouent ensemble, un gémissement s'échappe de ma gorge lorsqu'il enfonce ses dents dans ma lèvre inférieure. Ses mains plongent dans mes cheveux, je bous de désir. Notre baiser est profond, sauvage.

J'enroule mes doigts autour de sa taille, pressant son corps au mien. Je sens son sexe tendu contre ma cuisse et l'idée d'être à l'origine de son excitation me galvanise d'autant plus. Je sais qu'il n'a aucun doute sur le fait que je suis tout aussi affecté. Sa main se fait tentatrice, il caresse ma longueur et même avec le tissu de mon pantalon qui nous sépare, je serais capable d'exploser.

Je décolle ma bouche de la sienne. Ses yeux sont affamés, une boucle de ses cheveux bruns retombe sur son front.

— Il y a un hôtel en face…

Avec un sourire séducteur qui finit de me faire succomber, il répond :

— J'ai cru que tu n'allais jamais me le proposer.

CHAPITRE 4

ERIK

Il fait nuit noire lorsque Dan tente de sortir discrètement du lit. J'entrouvre un œil pour regarder le réveil : 5 heures. Un instant, j'envisage de le retenir, puis je referme les yeux. Les choses se sont déjà assez précipitées comme ça, hier soir. Si j'insiste, il va se méfier. Au lieu de l'interpeller et de l'inviter à revenir finir la nuit à mes côtés, je fais semblant de dormir. À regret, je résiste à la tentation et l'écoute s'habiller aussi silencieusement que possible.

Quelle tristesse ! Dans nos professions, la confiance est une denrée si rare. On ne peut pas se livrer, même pas à ceux avec qui on partage sa vie, alors encore moins au premier inconnu, aussi séduisant soit-il.

La moindre rencontre fortuite est forcément louche, toute gentillesse spontanée venant d'un inconnu, infiniment suspecte, et certaines relations qui durent doivent être examinées à la loupe.

Au mouvement du matelas, je sens que Dan s'est de nouveau assis sur lit. Sans doute pour lacer ses chaussures. Il cesse de bouger un moment et j'aime à imaginer qu'il a ressenti le besoin de me regarder à nouveau une dernière fois, avant de s'enfuir comme un voleur.

Alors qu'il referme doucement la porte derrière lui, je reste là immobile un moment, puis me tourne sur son côté du lit. Ma tête repose sur son oreiller quelques secondes, juste le temps d'inspirer son odeur. Je referme les yeux, puis me reprends, l'instant n'est pas à la nostalgie.

Je sors à mon tour des draps que nous avons partagés quelques heures et décide de profiter de l'immense salle de bains qu'offre notre chambre d'hôtel. Je rentre dans l'espace douche et progressivement, je monte la température de l'eau jusqu'aux limites du supportable. Là d'où je viens, l'eau chaude est encore un luxe, un gaspillage d'énergie que peu de gens peuvent se permettre. À ce jour, je m'émerveille encore de l'avoir ainsi à disposition. Pour certains enfants, c'est un rêve.

La pièce se remplit de vapeur et je regrette d'avoir laissé partir Dan sans un dernier tour de manège aquatique. Je teste le savon liquide gracieusement offert par l'établissement et tout en me lavant, je repasse dans ma tête le film de la nuit. Mauvaise idée… ou trop bonne idée.

Le front appuyé contre le carrelage, je me saisis à pleine main, mais sans pouvoir parvenir à mes fins. Seul, l'exercice n'a plus aucun intérêt. Merde !

À peine sorti de la douche, je profite des serviettes moelleuses de cet hôtel où Dan a manifestement ses habitudes. En effet, lorsque nous sommes arrivés, le réceptionniste, après avoir levé les yeux de son écran, a gratifié Dan d'un large sourire et lui a tendu une clé, sans rien lui réclamer. Sur le moment, j'ai refusé d'y prêter attention, mais là, quelques heures plus tard, à froid, je me demande combien de fois par semaine il fréquente cet établissement pour n'avoir plus à remplir la moindre formalité. Une sensation désagréable m'envahit. Je la chasse en me rappelant que je n'ai aucun droit d'éprouver ce qui ressemble fort à de la jalousie. Dan n'est rien d'autre qu'une cible…

En m'habillant, j'essaye de rationaliser : aucun hôtel ne risquerait sa licence d'exploitation en ne vérifiant pas les identifiants de ses clients sans une excellente raison, comme un contrat avec un service spécial de l'administration le dispensant de toute formalité dans certaines occasions, lorsqu'il s'agit d'être discret. Oui, mais… si j'étais à sa place, je ne tenterais pas le diable en utilisant ce traitement de faveur pour des raisons privées.

Je cesse de me torturer avec ces questions sans intérêt, lorsque du coin de l'œil j'aperçois le cadran de ma montre qui clignote. Il n'y a pas que Dan qui aime se lever de bonne heure. Mon boss aussi. Surtout quand je n'ai pas pointé en retournant chez moi. Mon logement de fonction est dans un immeuble qui appartient à la république du Terekstan alors, bien sûr, s'il ne me voit pas rentrer, le gardien de nuit fait un rapport avant de quitter son poste.

En m'habillant, je le rappelle.

— Astakupour, où étais-tu passé ? aboie Eren en décrochant.

Je ne me vexe pas, son ton sec trahit son inquiétude.

— Bonjour à toi aussi, rétorqué-je sur un ton plus léger. Tu sais que le jour où tu seras élu Président, il faudra que tu apprennes à mieux contrôler tes émotions.

Il reste silencieux quelques secondes. C'est sa façon à lui de gérer les contrariétés.

Eren et moi nous connaissons depuis l'école primaire. Encore enfants, nous nous sommes juré que nous allions changer notre pays. Lui parce que sa mère, devenue veuve très jeune, avait dû, contrainte et forcée par sa famille, épouser en deuxièmes noces un monstre qu'elle haïssait.

Moi, parce que j'avais déjà compris qui j'étais et que les gens comme moi, au Terekstan, étaient et sont encore condamnés à vivre cachés.

Je finis par rompre le silence en m'excusant :

— Je suis désolé, j'avais prévu une simple mission de reconnaissance, un premier contact et puis…

— Et puis tu as décidé de faire cavalier seul, comme d'habitude.

— Une opportunité s'est présentée et je l'ai saisie, dis-je en haussant les épaules.

Le geste est absurde puisqu'il ne peut pas me voir.

— Une opportunité ? Erik, ne me prends pas pour un imbécile. La vérité c'est que tu n'as pas pu résister à la tentation. Je le savais, ce type est tout à faire ton genre de mec…

Je le laisse vider son sac. Pour une fois que c'est moi qu'il peut accuser de raisonner avec une partie de mon anatomie qui n'est pas réellement capable d'analyse, je ne veux pas le priver de ce plaisir.

Jusqu'à aujourd'hui, c'était toujours moi qui lui faisais ce reproche. Chez nous, ses conquêtes sont légendaires et de façon miraculeuse, aucune des femmes qu'il a séduites et abandonnées peu après ne lui en tient rigueur.

C'est simple, si des élections régulières devaient se tenir dans notre pays et si les femmes avaient le droit de voter, il serait élu Président demain. Mais le souci, c'est que notre régime est corrompu jusqu'à la moelle et que les femmes n'ont toujours pas leur mot à dire.

En réalité, chez nous, il n'y a qu'une loi, celle du plus fort. Et aujourd'hui, pour que mon ami devienne le plus fort, je suis prêt à tout sacrifier. Absolument tout. Même quelques innocents qui n'ont pour seul tort que celui de se trouver sur notre chemin.

— Et tu le revois quand ? demande enfin Eren.

— J'ai prévu de le croiser à nouveau par hasard, lors de la réception que tu as organisée à l'ambassade dans deux jours.

— Mais il n'a pas encore répondu à l'invitation que nous lui avons envoyée, s'inquiète-t-il.

— Aucun souci. S'il ne vient pas, une autre rencontre fortuite ne sera pas difficile à organiser. Je crois que j'ai été convié à trois ou quatre réceptions par jour entre aujourd'hui et Noël, et presque autant au cours de la semaine du jour de l'an.

— Comment ce pays continue-t-il à fonctionner normalement pendant les quinze derniers jours de l'année ? C'est un vrai mystère, s'émerveille mon ami. Toutes les administrations tournent au ralenti avec à peine un tiers de leur personnel.

— Moi, ce qui me surprend, c'est que personne ne se soit encore rendu compte qu'en réalité l'essentiel des services ne sert à rien, puisque tout roule sans eux. Mais bon, ça n'est pas notre problème, et maintenant je te laisse, je passe par chez moi pour me changer. Je te retrouve à ton bureau dans moins d'une heure.

Quelques minutes plus tard, je me rends à la réception de l'hôtel. À cette heure-ci, une jeune réceptionniste assure l'accueil. Je m'approche d'elle pour tenter de glaner quelques informations.

— Que puis-je faire pour vous ? demande-t-elle alors que je m'arrête à sa hauteur.

— Me dire ce que je vous dois, réponds-je sur un ton innocent.

Elle fronce les sourcils comme si ma question n'avait aucun sens.

— Vous étiez dans quelle chambre ? finit-elle par demander.

— La 1203.

Ses doigts courent sur son clavier et elle secoue la tête.

— Non, c'est bon, affirme-t-elle en me gratifiant d'un nouveau sourire.

— Vous êtes sûre ?

Mon insistance est absurde, mais c'est plus fort que moi, j'ai besoin de savoir si je ne suis qu'un autre coup d'un soir que Dan aura conduit jusque dans cet hôtel, ou si notre rencontre était assez spéciale pour qu'il prenne le risque d'utiliser, à des fins personnelles, une des facilités mises à sa disposition par son job.

— Certaine, me répond la jeune femme.

Comprenant que je n'en tirerai pas plus et que le personnel de cet établissement a reçu des instructions pour garder le silence, je la remercie et quitte les lieux le sourire aux lèvres.

Dan Patterson craque pour moi… C'est parfait. Enfin je crois. Tant que je ne craque pas pour lui aussi.

CHAPITRE 5

DAN

— Et voici !

La barista qui me tend mon gobelet me sort de ma rêverie. Je l'accepte avec un sourire et quitte le café où j'ai mes habitudes. Reprendre ma routine, c'est ce qu'il y a de mieux à faire. Certes ma soirée n'a rien eu d'ordinaire, mais c'était une exception, une légère déviation dans mon quotidien millimétré.

Conduire jusqu'au travail. Déverrouiller la porte sécurisée de mon bureau, saluer mes collègues. Je me concentre là-dessus pour éviter que les flashs de la nuit dernière n'envahissent mon cerveau. J'y parviens à peu près, jusqu'à ce que je me retrouve au briefing matinal. Là, mon esprit s'évade et les images de mon corps-à-corps torride avec Erik se superposent à celles beaucoup plus mornes de la présentation de Seth.

Sa peau dorée, ses cheveux bruns dans lesquels j'ai plongé mes doigts, son torse sculpté, ses yeux noirs, ses abdominaux dessinés, la fine ligne de poils menant jusqu'au Saint Graal…

Je me redresse sur ma chaise, me rendant compte que j'ai

complètement perdu le fil de la conversation. Pire, je suis en train de fantasmer sur un mec en pleine réunion. Une minute de plus et je vais m'embarrasser moi-même.

Qu'est-ce qui ne tourne pas rond chez moi ?

On a dit *une nuit*. J'ai même insisté là-dessus. Et dès la première seconde de notre rencontre, nous avons été sur la même longueur d'onde. Nous n'avons pas échangé de nom de famille, pas d'adresse, de numéro ou de détails personnels. Erik d'Astaku et Dan de Denver, c'est tout.

Alors il serait bien maintenant que mon cerveau assimile que toute cette soirée, aussi torride a-t-elle été, est à ranger dans la case des souvenirs. Ceux qu'on consulte éventuellement, quand on a le temps de se laisser aller à la flânerie, mais pas en plein briefing stratégique.

— Quant à la situation au Terekstan, nos agents sur place notent que les activités des groupes d'opposition sont presque au point mort, dit Seth.

Bordel ! Même quand j'essaye de me concentrer sur le boulot, il faut qu'on parle justement du pays d'Erik…

— Comment analysent-ils ça ? demande Garrett.

— Les avis sont partagés, mais certains pensent que c'est peut-être le signe qu'ils préparent quelque chose de plus gros. Une sorte de calme avant la tempête.

— Hum, je vois, réagit Garrett en consultant sa montre. À surveiller.

Il lance ensuite un regard à Seth qui résume le reste de sa pensée. D'ailleurs, ce dernier répond :

— Je fais le point et je te tiens au courant.

— OK, on a fini pour aujourd'hui, lance Garrett déjà debout. Dan, un mot.

Je le suis en dehors de la salle de réunion jusqu'à son bureau. Nos locaux sont indépendants du Pentagone. Personne, à part ceux qui y travaillent et quelques initiés, ne sait où nous nous trouvons. Garrett déverrouille sa porte à l'aide d'un scanner palmaire. Ici la sécurité est top niveau, mais je suis bien placé pour être conscient que nos principales failles sont humaines.

J'ai été une faille, pas plus tard que l'année dernière.

Garrett ne m'a jamais reproché mon manque de discernement concernant Michael, ou devrais-je plutôt l'appeler Esteban ? Peu importe, l'un dans l'autre, il m'a baisé dans tous les sens du terme.

Je m'installe dans le siège en face du bureau de Garrett, alors qu'il range quelques papiers sur celui-ci. Nos tête-à-tête n'ont rien d'exceptionnel. Je suis son plus proche collaborateur et accessoirement son meilleur ami. Peut-être même le seul. Non pas que j'en aie des tonnes, de mon côté. C'est difficile de se faire des amis, dans notre milieu. Mais avec Garrett c'est différent. On a toujours été là l'un pour l'autre depuis les Marines. Il y a eu l'Irak, l'Afghanistan et plus récemment cette histoire sur notre propre sol impliquant Jenna. Si bien qu'en attendant qu'il prenne la parole, je n'ai aucune idée du sujet dont il veut parler. Pro ou perso ?

Il se laisse tomber dans son siège et soupire. Je hausse un sourcil.

— Des nuages sous le soleil, boss ?

Il me lance un regard exaspéré.

— Il y a plusieurs trucs dont je veux te parler.

Il commence par aborder plusieurs points concernant les affaires en cours, mais au bout d'un moment la discussion devient plus personnelle.

— On a reçu une invitation pour la fête de Noël à l'ambassade du Terekstan, il me semble. J'imaginais décliner gentiment, mais au vu de ce que vient de dire Seth, ce serait peut-être bien d'y pointer le nez… Qu'est-ce que tu en penses ?

Garrett n'a aucunement besoin de moi pour prendre ses décisions et je ne suis techniquement là que pour lui faciliter la vie. Mais notre dynamique est ainsi, il aime discuter des différentes options avec moi. Chose que j'apprécie et dont je tire une certaine fierté, je l'avoue.

— Tâter le terrain me semble une bonne idée. Surtout que l'ambassadeur n'est pas le plus grand fan du pouvoir en place, il sait peut-être quelque chose. Je confirme ta venue et je le rajoute au planning ?

— Oui, s'il te plaît.

Je tapote sur la tablette que j'ai entre les mains et alors que je m'apprête à modifier l'agenda, une information m'interpelle.

— Tu as quelque chose de prévu dans ton calendrier, ce soir-là. C'est en jaune, ce qui signifie…

— Merde ! La dégustation de gâteau pour le mariage avec Jenna ! dit-il en se frappant le front.

— Tu veux que je la reprogramme ? Je suis certain que Jen…

— Non ! Ça fait déjà deux fois qu'on annule et j'ai dû faire des pieds et des mains pour que la pâtissière accepte de nous recevoir en soirée, en pleine période de Noël. Je suis obligé d'y aller.

Je souris intérieurement. Je sais qu'aller tester des échantillons de gâteaux de mariage est le concept même d'une séance en enfer pour Garrett, mais il ne fera rien qui puisse contrarier sa fiancée. D'ailleurs, il ajoute :

— Je crois que le Terekstan se passera de moi.

Ce qu'il n'a pas besoin de préciser, c'est que lui serait incapable de se passer de Jenna. Mais je sens bien qu'il est frustré. Alors je m'entends lui proposer :

— Tu veux que j'aille à l'ambassade pour toi ?

— Tu ferais ça ? Je sais que tu détestes ce genre d'événement.

Je hausse les épaules.

— Ça fait partie du job, faut bien que quelqu'un se dévoue. D'autre part, on a besoin d'infos et c'est une excellente opportunité.

C'est la vérité. Et cela n'a rien à voir avec un certain brun aux mains expertes qui vient justement de ce pays. Est-ce qu'il sera là ? Aucune idée. Et si c'était le cas, je dois me rappeler : il n'y aura pas de bis repetita. Une seule nuit, c'était le deal. Alors, même s'il a la bouche la plus sensuelle de tout son pays ou même de son continent, s'il se trouve à la soirée, je me contenterai d'une discussion polie, un signe de tête, rien de plus. Mais rien ne me prouve de toute façon que je l'y croiserai. Le Terekstan a de nombreux ressortissants sur notre sol et il ne les invite pas tous à leur fête de Noël, que je sache.

Garrett m'observe quelques secondes de trop avant de répondre :

— OK, merci.

— C'est tout ?

Je sens qu'il a quelque chose sur le bout de la langue.

— Oui, c'est tout.

Je fais deux pas en direction de la sortie et il balance, alors que j'ai le dos tourné :

— Pour info, le Regency m'envoie une notification dès qu'une des chambres est réservée par nos services.

Je stoppe net et comprends ce qu'il sous-entend.

Merde !

Alors oui, ce n'était certainement pas malin d'emmener Erik au Regency, sachant que c'est un des hôtels que nous utilisons dès que nous devons loger des personnalités. Mais hier soir, le cerveau embrumé par l'excitation, j'ai pensé au côté pratique. C'était juste en face, je n'avais pas de temps à perdre en formalités. J'ai réglé la chambre ce matin en partant, pour que la note ne parvienne pas au service. Je ne pensais pas qu'ils préviendraient Garrett.

Je me tourne en essayant de réfléchir à une excuse et je constate un mince sourire sur les lèvres de Garrett. Avant que j'aie le temps de bredouiller quoi que ce soit, il enchaîne :

— J'ai tenté de t'appeler et ton téléphone était coupé. J'en ai tiré les conclusions qu'il fallait et je n'ai pas insisté.

Lui et moi savons que je n'éteins jamais mon portable la nuit… sauf si j'ai de la compagnie. Ce qui n'arrive quasiment jamais. Surtout depuis que mon ex, Michael, a fouillé dans mes messages pour localiser Garrett et Jenna.

— Je…

— Eh ! Tu n'as pas à te justifier, me coupe Garrett. Si je t'en parle, c'est juste pour que tu sois au courant. Tu n'as peut-être pas envie que je puisse espionner ta vie… privée.

— Euh… merci…

Il soupire.

— Par contre, je préfère te prévenir, Jenna risque d'être plus curieuse.

— Tu as discuté de ça avec Jenna ? m'étonné-je.

— Elle était triste que tu sois parti si précipitamment hier soir. Du coup, quand j'ai reçu l'alerte, c'est elle qui a insisté pour que je vérifie que tu allais bien. Elle avait peur que, trop fatigué, tu aies choisi de te rendre à l'hôtel plutôt que de rentrer chez toi, enfin, tu vois le topo ?

Je grogne. Jenna a un côté mère poule. Non contente d'avoir materné pendant des années les équipes de Florida Security, elle a jeté son dévolu sur notre petit groupe et sur moi plus spécifiquement depuis qu'elle vit à Washington.

— C'est gentil, mais…

Cette fois-ci Garrett éclate de rire. Quelque chose qui aurait été très surprenant, il y a quelques années en arrière, mais qui est de plus en plus fréquent.

— Tu verrais ta tête, dit-il. Remarque, j'aurais fait la même à ta place.

Je réponds d'un sourire et il ajoute :

— Puisqu'on est sur le terrain perso, tu ne vas pas à Denver pour Noël ?

— Non, ce sont mes parents qui viennent.

— Vous voulez vous joindre à nous ?

— Est-ce que mettre ta fiancée et ma mère dans la même pièce est vraiment une bonne idée ?

Il fait mine de réfléchir et conclut :

— Pour moi, probablement, pour toi… peut-être pas.

CHAPITRE 6

ERIK

Eren est debout en haut du grand escalier que les visiteurs doivent emprunter pour accéder à la salle de réception de l'ambassade et salue un par un les arrivants. Un peu en retrait, je l'observe et admire sa façon de trouver le mot qu'il faut pour chacun. Son charme est considérable et je souhaite qu'il opère sur Garrett Smith. Nous avons désespérément besoin du soutien des États-Unis pour avoir une chance de réussir.

En partie dissimulé derrière l'immense sapin que nous avons décoré pour sacrifier à la tradition, je scrute la foule qui s'amasse maintenant en file bien ordonnée pour avoir une occasion de serrer la main de monsieur l'ambassadeur.

L'espace d'un instant, je crois apercevoir Dan. Cet homme m'obsède. Depuis quelques jours, il suffit que je fasse trois pas dans la rue pour imaginer croiser sa route. J'ai même hâté le pas pour rattraper un mec qui venait de sortir d'un immeuble devant moi… Avant que j'aie une chance de dévaler les marches pour voir si c'est bien lui, Almasde, une des plus anciennes assistantes, requiert mon aide pour une urgence.

Heureux de la distraction, je la suis jusqu'à son bureau pour prendre l'appel. Le fils aîné du Président, un crétin insupportable qui fait semblant de suivre des études à Washington D.C., vient encore de faire des siennes. Si ça ne tenait qu'à moi, j'attendrais demain matin pour confirmer à la police que oui, il bénéficie d'un statut diplomatique. Je crains cependant que le laisser passer une nuit en cellule de dégrisement ne suffise pas à lui enseigner la dure réalité de la vie. Et la satisfaction que je tirerai de le savoir à l'ombre pour quelques heures ne vaut pas la crise que nous ferait son père. Or, nous sommes si près du but, ce n'est pas le moment de faire des vagues.

Dix minutes plus tard, après avoir avalé trois kilos de couleuvres et présenté mes plus plates excuses au policier contraint de gérer les caprices de celui qui se voit déjà comme un prince héritier du trône, je retourne à la soirée d'une humeur massacrante. Il va me falloir au moins un double whisky pour me calmer et me permettre d'afficher à nouveau mon sourire de circonstance.

Je traverse la salle de réception d'un pas décidé, le regard rivé sur le bar.

Arrivé à destination, je pointe du doigt la bouteille de mon poison préféré et commande un double. Deux secondes plus tard, un verre en cristal apparaît devant moi et j'en vide la moitié avant de fermer les yeux et de prendre une grande inspiration.

Tout va bien. Ce n'était qu'un mauvais moment à passer.

J'ai beau me le répéter en boucle, je suis toujours en colère. Peu de choses me mettent autant en rage que d'avoir à réparer les frasques du fils du Président. Mais il faut que je me calme. Après tout, c'est bientôt Noël, avec un peu de chance, le père Noël nous offrira un retour à la liberté pour le Terekstan pour la nouvelle année.

— La journée a été dure ? demande la voix qui a hanté mes rêves ces dernières nuits.

Je me retourne, et je n'avais pas halluciné… c'était bien Dan que j'avais entrevu plus tôt dans la foule des invités.

— Tu n'as pas idée, lui dis-je.

— Je suppose que non, répond-il en souriant. J'imagine que bosser pour une grosse société pétrolière n'est pas de tout repos.

Je fronce les sourcils. Qu'est-ce qui a bien pu lui faire croire que je travaillais dans le privé ? En fait, je m'en moque. La seule chose qui m'importe à la seconde, c'est cette faim irrésistible qui me dévore depuis qu'il s'est enfui au petit matin…

Je repose mon verre sur le bar et place ma main sur le coude de Dan pour le mener loin de la foule. Il se laisse guider sans protester. Nous sortons de la salle de réception, pénétrons dans le couloir qui conduit jusqu'à mon bureau.

À peine rentré dans la pièce, je le colle au mur et l'embrasse avec une violence qui n'a pas l'air de lui déplaire. Il attrape mes cheveux à pleines mains et retourne la situation. Maintenant, c'est moi qui suis plaqué contre le mur de mon bureau. Ma tête heurte un des cadres qui vole en éclat, mais ça ne suffit pas à nous calmer.

Lorsqu'il s'écarte enfin de moi, c'est à bout de souffle qu'il murmure à regret :

— On ne peut pas faire ça ici.

Au lieu de lui répondre, je fais un pas vers la porte et tourne la clé dans la serrure.

Il ne me laisse pas le temps de me retourner et me plaque contre le battant. Sa respiration lourde dans mon cou et son érection dans mon dos me rendent à moitié fou.

— Tu aimes jouer avec le feu, grogne-t-il à mon oreille. Ça tombe bien, moi aussi.

Ses mains sont déjà sur ma ceinture lorsque quelqu'un appuie sur la poignée de mon bureau.

— Erik ? Tu es là ?

Merde, c'est Eren.

Dan fait un pas en arrière, puis un second en se rajustant. Une seconde plus tard, je l'imite en jurant entre mes dents.

— Un instant ! dis-je en me retournant pour vérifier que Dan est présentable.

Parfait… sauf son érection que j'imagine aussi douloureuse que la mienne.

Silencieusement, il me fait signe d'attendre et s'approche de moi pour glisser à nouveau sa main dans mes cheveux. Il tente de remettre un peu d'ordre dans ma coiffure. Satisfait de son travail, il opine du chef.

— J'arrive, dis-je en tournant la clé.

La porte s'ouvre sur Eren. Heureusement, il est seul.

Il rentre dans la pièce, remarque le cadre brisé sur le sol puis nous regarde en secouant la tête doucement. Il a la mine d'un père qui vient de surprendre son fils en train de faire une bêtise qu'il a lui-même commise dans son enfance, tout à la fois contrarié et amusé.

— Monsieur l'Ambassadeur, dit Dan très formellement.

— Monsieur Patterson, lui répond Eren d'un ton encore plus pincé. Compte tenu de ce que je soupçonne que vous étiez en train de faire avec mon meilleur ami, je pense qu'en privé, ce formalisme n'est plus de mise.

Dan me jette un regard interloqué, mais saisit tout de même la main qui se tend vers lui.

Eren éclate de rire.

— Ravi de te rencontrer, Dan. Moi c'est Eren.

— Ravi de te rencontrer aussi, lui répond Dan sans se démonter.

Il a cependant un peu pâli et ne partage pas son rire.

— Je suis désolé d'interrompre ce qui devait être une discussion passionnante, mais j'ai besoin de mon premier consul de façon urgente.

— Ton premier consul ? s'étonne Dan.

— Oui, il va lui falloir faire preuve de trésors de diplomatie. À peine sorti du commissariat de police où il avait été conduit il y a une heure pour je ne sais quelle connerie, le fils aîné de notre cher Président a décidé d'agresser physiquement le policier qui selon lui tardait trop à le remettre en liberté.

Je lève les yeux au ciel en soupirant.

— Il est toujours au commissariat ? demandé-je.

— Oh non, maintenant, il est à l'Hôpital Psychiatrique Général.

Dan et moi ouvrons des yeux grands comme des soucoupes. La réputation de cet établissement est très particulière.

— Chez les fous ? m'inquiété-je.

— Les fous dangereux, précise Eren. Ta mission, c'est de le récupérer et de le conduire directement jusqu'à l'aéroport, pour qu'il rentre à la maison.

— Un rapatriement sanitaire, dis-je en réfléchissant à haute voix.

— Si tu veux. Débrouille-toi pour que je n'en entende plus parler, ajoute Eren avant de tourner les talons.

Dan attend que la porte du couloir claque derrière Eren, avant de me faire face. Il est tendu et pas d'une façon appréciable.

— Monsieur le premier consul, il va falloir qu'on ait une explication.

— Parce que tu avais imaginé que j'étais cadre dans le

pétrole ? C'est toi qui t'es fait un film. Moi, je ne t'ai rien dit sur ce que je faisais. Pas plus que toi, d'ailleurs.

— Exact. Mais j'ai comme l'impression que tu savais parfaitement qui j'étais. Sinon Eren n'aurait pas parlé de cette histoire avec le fils de votre Président devant moi.

— Tu as tout à fait raison pour l'explication, mais comme tu peux le voir, ce soir je risque d'être un peu trop occupé…

— T'inquiète, je vais venir avec toi.

— Pourquoi ?

— Parce que je pense pouvoir les convaincre que nous avons assez à faire avec nos cinglés locaux, pour ne pas nous accrocher à un étranger qui veut rentrer chez lui.

Il a raison, l'argument devrait mieux passer venant de la part d'un membre de l'administration américaine que venant de moi.

— Sans parler du fait que si ce charmant jeune homme décidait de faire un caprice et de refuser de te suivre, je pourrais peut-être aussi les persuader de lui donner quelque chose qui le rendra plus coopératif.

Comme il a réponse à tout, je cesse de protester et, quelques minutes plus tard, nous filons vers le centre hospitalier dans la voiture de l'ambassadeur. La vitre qui nous sépare du chauffeur assurant une isolation phonique complète, j'interroge Dan :

— Qu'est-ce que tu veux savoir ?

Il ferme les yeux et respire profondément, comme si les questions qu'il doit me poser étaient bien trop douloureuses. Pour lui faciliter la tâche, je réponds à celles que j'imagine.

— Oui, je savais qui tu étais et oui, je n'étais pas là par hasard, je voulais prendre un premier contact avec toi.

Son visage se fige, comme si je l'avais giflé.

— Mais je n'avais pas prévu de…

Les mots me manquent. Je n'avais pas prévu de quoi ?

— … de franchir les limites comme je l'ai fait. Non, ce qui s'est passé entre nous n'était pas prévu au programme.

Dan hoche lentement la tête et m'observe curieusement. C'est un peu comme s'il me voyait pour la première fois.

Je laisse le silence s'installer dans la voiture puis, lorsqu'il devient trop lourd, je profite de la pénombre qui règne pour poser discrètement ma main sur la sienne.

Retenant mon souffle, j'attends de découvrir s'il va se libérer.

CHAPITRE 7

DAN

J'ai un mouvement de recul quand Erik pose sa main sur la mienne. Du coin de l'œil, je vois qu'il déglutit avec peine, mais il reste silencieux. Tant mieux. Je suis en colère, contre lui, contre moi. Contre lui pour m'avoir menti. Contre moi, pour tout un tas de raisons. La première d'entre elles : pour avoir baissé ma garde et m'être fait avoir, alors que ce n'est pas la première fois. La seconde, pour m'être laissé entraîner dans le bureau et l'avoir laissé m'embrasser.

Putain ! Mais qu'est-ce qui m'a pris ?

Quand bien même je mettrais de côté le fait qu'il n'est pas celui qu'il a prétendu être, ou plutôt celui que j'ai pensé qu'il était, c'était une décision totalement stupide. Cela devait être l'histoire d'une nuit, pas plus. Une rencontre entre deux étrangers qui partagent un peu de plaisir avant de tracer leur route chacun de leur côté. Et là, non seulement je me retrouve dans une situation bien plus complexe que prévue, mais aussi au beau milieu d'une potentielle crise diplomatique.

Bravo Dan ! Quand tu merdes, ce n'est pas qu'un peu !

Ça m'apprendra à réfléchir avec autre chose que mon cerveau.

J'envoie un message à Garrett pour le tenir au courant du contexte. Il me répond de le garder informé et que de son côté, il contacte le ministre. Si la presse découvre la nouvelle du fils du président du Terekstan à l'hôpital psychiatrique, aucun doute que le service com de la Maison-Blanche va passer une sale nuit. Sans parler du FBI, voire la CIA.

Je repose le téléphone sur ma cuisse et relève la tête pour apercevoir les rues qui défilent. Heureusement, à cette heure-ci, le trafic a disparu. Un bref coup d'œil du côté d'Erik et je constate qu'il est dans une position similaire, perdu dans ses pensées.

— Qu'est-ce que tu sais sur moi ?

Mon ton sec le fait sursauter, mais il se recompose facilement. Il lève un sourcil en guise de question silencieuse.

— Qu'est-ce que tes recherches t'ont apprises sur moi ? répété-je agacé.

— Dan Patterson, né à Denver, il y a 36 ans. Engagé dans les Marines…

— Passe-moi la section de mon CV qu'on peut trouver en ligne. Que sais-tu de plus ?

Il soupire et continue.

— Je n'ai pas la confirmation sur tout. Officiellement, tu fais partie de la garde d'honneur du Président. Sauf que si on t'a déjà vu dans l'aile ouest, c'est davantage en compagnie de ton ancien major Garrett Smith, qu'en train d'escorter POTUS[1] jusqu'à son hélicoptère.

Je reste impassible, histoire de ne pas affirmer ou infirmer ces informations.

— On dit que Garrett Smith effectue des missions pour

le Président en pouvant s'affranchir de l'autorisation du gouvernement ou du Sénat. On dit aussi qu'il est en contact direct avec lui.

Punaise, il est bien renseigné.

Il ajoute ensuite :

— Être en contact avec Garrett, c'est avoir l'oreille du Président.

— Et c'est pour ça que tu m'as approché ? Pour pouvoir atteindre Garrett.

— Oui, répond-il en évitant mon regard. Mais je n'ai pas menti tout à l'heure, le reste… ce n'était pas prévu.

Je ne réplique rien à ça, nous sommes arrivés à l'hôpital et ça fait bien mon affaire. J'ouvre la portière, appréciant l'air glacial de la nuit qui m'enveloppe. Quelques mètres nous séparent de l'entrée. Il ne s'agit pas d'un accueil large et éclairé, comme dans un établissement de soins classique. Ici, le réceptionniste ressemble davantage à un gardien de prison qu'à autre chose.

Je sors mon insigne qui s'apparente à celui des services secrets et le pointe sous le nez de l'employé qui faisait des mots croisés.

— J'aimerais voir les soignants de monsieur Orazov, il a été admis un peu plus tôt dans la soirée.

Le mec me dévisage avec des yeux ronds. J'ai bien évidemment omis de dire qu'il s'agissait du fils d'un Président, mais maintenant, le gars va se douter qu'Orazov n'est pas un patient lambda. Combien de temps lui faudra-t-il pour taper le nom en ligne et se rendre compte de qui il est ? Moins de cinq minutes, je parie. Il en aura besoin de dix, tout au plus, pour contacter la presse et échanger l'information contre quelques billets censés arrondir ses fins de mois.

— Je… je vais appeler… balbutie-t-il.

Alors qu'il décroche son combiné en nous jetant des coups d'œil curieux, je scanne les environs. Il n'y a pas âme qui vive dans le couloir. Je ne m'attendais pas à un comité d'accueil, mais tout de même…

Erik vocalise mes pensées :

— C'est très calme.

— Ouais…

Presque trop, non ?

Ne devrait-il pas y avoir au moins quelques flics en uniforme ?

— Qui vous a prévenus de l'arrivée d'Orazov ici ?

— Tu étais avec moi, Eren n'a pas précisé…

— Essaye d'avoir l'info. Je vais passer un appel de mon côté.

Je n'ai même pas le temps de finir ma phrase que mon portable sonne dans mes mains.

Garrett.

— Oui ?

— L'info de l'internement du fils du président du Terekstan, tu la tiens de qui ? demande-t-il sans autre préambule.

— L'ambassadeur lui-même. Il est venu informer son premier consul, je me trouvais là… par hasard.

— Ouais, ben personne n'est au courant. Il a bien été arrêté en début de soirée, mais d'après le commissariat, il a été relâché dans la nature il y a déjà plusieurs heures.

Je m'éloigne d'Erik qui est lui-même au téléphone.

— Attends, tu dis qu'il a été relâché ? demandé-je à Garrett.

— C'est ce qu'ils m'ont dit au poste.

— Merde ! Qu'est-ce que je fous là, alors ?

— C'est bien ce que je me demande…

Je jette un coup d'œil par-dessus mon épaule. Le réceptionniste a disparu, Erik a une discussion animée dans sa langue maternelle. Je prends quelques secondes pour jauger la situation. Est-ce que je considère que c'est lui qui m'a emmené dans un traquenard ? Est-ce qu'il n'en savait rien ? Il relève la tête, nos regards se croisent. Il a l'air aussi perdu que moi. Ma décision est prise.

— Garrett, j'ai besoin d'une extraction d'urgence.

— OK, garde ton téléphone sur toi, on te géolocalise.

Je raccroche et Erik me lance :

— On n'arrive pas à tracer l'appel…

— Faut qu'on parte d'ici, aboyé-je en lui désignant le couloir qui doit mener vers l'arrière.

— La voiture…

Il désigne le parking sur lequel nous attend son chauffeur.

— Hors de question, on ne sait pas qui est compromis.

Je ne lui dis pas que j'envisage toujours la possibilité que ce soit lui qui m'ait traîné dans ce bordel. OK, il a l'air étonné, mais il pourrait être un très bon acteur. Après tout, il m'a bien fait croire… Non ! Pas le moment de penser à ça.

Nous pressons le pas dans le couloir désert, mais tout à coup la porte de la cage d'escalier s'ouvre. Deux hommes, tout de noir vêtus, en sortent, et pas dans le genre costume de créateur. Non, plutôt tenue tactique.

Bordel ! C'est qui, ça ?

— Cours ! lancé-je à Erik.

Nous nous précipitions vers ce qui semble être la porte arrière. Je prie intérieurement pour que personne n'ait eu la bonne idée de la condamner. Bien entendu, le bruit de nos pas résonne et attire l'attention des deux hommes en noir. Ils crient :

— Arrêtez-vous !

Je pousse la barre de poignée et heureusement elle s'ouvre sur ce qui semble être un parking. Souci : nous sortons d'un bâtiment qui a été conçu pour limiter les évasions, alors l'espace est clôturé de hauts murs rehaussés de barbelés.

— Merde !

— Par là ! crie Erik.

Il me désigne une rampe d'accès à ce qui doit être un niveau inférieur du parking. En temps normal, j'aurais considéré cette option comme très mauvaise, mais là, nous n'avons pas vraiment d'autre choix. Nous nous précipitions vers l'accès et dévalons la pente en courant. Je suis conscient que nos poursuivants ne sont pas loin. Arrivés à l'étage du dessous, je fais signe à Erik de s'enfoncer parmi les voitures garées. Nous nous planquons derrière l'une d'entre elles, juste au moment où les hommes apparaissent en bas de la rampe.

Mon cœur bat fort dans ma poitrine, j'ai le souffle court, mais ma préoccupation n'est pas là. Il faut qu'on trouve un moyen de sortir d'ici. Je jette un rapide coup d'œil pour essayer de distinguer ce qui ressemble à des gardes. Ils progressent lentement et méthodiquement entre les rangées de voitures… armes au poing. Ils sont maintenant trois. Mais y en a-t-il ailleurs ?

— Tu as une arme ? me chuchote Erik.

— Non, grâce aux vigiles de ton ambassade.

La vérité, c'est que je n'ai même pas tenté de venir avec à la soirée. Mon statut d'officier de la garde présidentielle n'a aucune valeur dans une ambassade étrangère et comme je n'étais justement pas en fonction active pour le Président…

— Il faut qu'on vole une voiture, murmure Erik.

— Mais oui, facile à faire avec un téléphone et un stylo, réponds-je sèchement.

Erik ne se laisse pas décontenancer, il me désigne un pick-up et m'annonce :

— Je peux le démarrer en quelques secondes seulement.

Il part en direction du véhicule, tout en faisant attention de rester baissé. Je n'ai pas le temps de lui demander comment il compte déverrouiller la portière qu'il l'a déjà ouverte.

Merde.

Je comprends que je ferais bien de me magner pour le rejoindre. Au moment où les gardes vont s'apercevoir qu'il se trouve là-bas, ils vont le tirer comme un lapin.

Je me faufile à travers les voitures et ouvre avec délicatesse la portière du pick-up côté passager pour ne pas attirer l'attention.

— Bouge-toi ! ordonne Erik. Au moment où ce truc va démarrer, ils vont nous tomber dessus.

Je m'installe sur le siège et le moteur se met à ronronner. Erik enfonce la pédale d'accélération, je suis projeté en arrière. Les pneus crissent sur le revêtement de sol et les gardes se retournent dans notre direction. Ils hurlent quelque chose d'inaudible et se mettent à tirer. Erik ne se laisse pas déconcentrer. Il fonce vers la rampe de sortie, quand bien même une balle vient faire voler en éclats le pare-brise arrière.

Je retiens mon souffle, la voiture est arrivée au niveau du parking extérieur et si les deux hommes sont maintenant trop loin pour avoir une chance de nous atteindre, c'est une voiture qui se met en travers de notre chemin. Erik enfonce l'avant de la berline noire comme s'il s'agissait d'une vulgaire quille et roule vers la sortie. Le moteur vrombit, Erik reste concentré. Il quitte le parking et slalome dans la circulation. Je me tiens à la poignée au-dessus de la vitre pour éviter d'être secoué comme un ballot de paille.

— Comment tu savais que le pick-up serait déverrouillé ?

J'ai des milliers de questions en tête, mais c'est la première que j'arrive à formuler.

— T'as vu à quoi il ressemble, entre sa taille et les stickers à l'arrière ? Ce truc crie : je suis un patriote et un gros dur, je vais réduire en miettes quiconque s'approche trop près de mon pick-up. Bien évidemment que cet enfoiré ne ferme pas sa voiture à clé.

Je secoue la tête. C'est l'explication la plus tordue que j'ai jamais entendue. Et dire que sur ce coup-là j'ai confié ma vie à un mec qui n'avait pour certitude que des suppositions stéréotypées… En même temps, je n'avais pas d'autre solution.

Erik se faufile habilement dans la circulation. Je me retourne, je n'ai pas l'impression qu'on soit suivis.

— Est-ce que je peux savoir comment tu as appris à te servir des fils d'une voiture pour la démarrer ?

Un sourire goguenard s'étire sur ses lèvres.

— On s'occupe comme on peut quand on est gamin au Terekstan et puis… ne crois pas que je sois un simple gratte-papier dans une ambassade.

Non, ça, je ne referai pas l'erreur deux fois. Reste à savoir qui il est vraiment ? Un militaire ? Un espion ? Les options sont multiples.

— Il faut qu'on abandonne la voiture, elle est trop reconnaissable, dis-je.

— Je pensais justement la même chose. Tu as un point de ralliement ?

Je me demande ce qu'il a entendu de ma conversation avec Garrett. Oui, j'ai de nombreuses solutions qui s'offrent à moi, ici, à Washington. Mais quelle est la menace ? Me concerne-t-elle ? Concerne-t-elle Erik ? Est-ce qu'Erik est la menace ?

Il faut que je décide où l'emmener. Un endroit sûr, mais surtout un endroit où je vais pouvoir l'interroger.

CHAPITRE 8

ERIK

Maintenant que le danger semble écarté, je suis scrupuleusement la limitation de vitesse. Je nous éloigne le plus possible du lieu de notre attaque, jusqu'à ce que Dan se décide enfin à me guider. Tout en suivant ses instructions, je réfléchis à cette embuscade absurde.

En théorie, je doute être assez important pour que quelqu'un veuille me faire la peau. C'est vrai, je suis le bras droit de celui qui, je l'espère, va devenir notre nouveau Président, mais contrairement à lui, je suis remplaçable. Alors, une embuscade montée contre moi n'a pas vraiment de sens. D'autant que pour me faire la peau, il suffit de me suivre dans les rues de Washington. Je vis comme monsieur Tout-le-Monde. Je prends les transports en commun, je fais mes courses au supermarché… Bref, pour me supprimer, pas besoin d'une opération commando. Une agression à la petite semaine, au coin d'une rue, un jour où je rentre tard et voilà.

Je doute également que ce soit après Dan qu'ils en aient eu. Il est venu avec l'invitation de son boss. Sa présence à l'ambassade n'était donc pas prévisible ni même le fait qu'il m'accompagnerait à l'hôpital.

L'explication la plus vraisemblable est celle d'un coup monté contre mon propre patron. S'il n'y avait pas eu cette réception de fin d'année, il est probable que ce serait lui qui aurait géré cette crise. Compte tenu du caractère tendu des relations entre le Président et Eren, mon ami se serait fait un malin plaisir de démontrer sa fidélité au pouvoir en place, en allant lui-même régler le problème. Oui, mais voilà, il y avait cette soirée.

Mais je vais peut-être trop vite à écarter l'hypothèse d'une attaque en règle contre Dan ou moi ?

— Qui savait que tu viendrais à la soirée à la place de Garrett Smith ?

Du coin de l'œil j'observe la réaction de Dan qui analyse ma question, avant de lâcher manifestement à contrecœur :

— Ne sois pas absurde. Je n'étais pas la cible de cette opération.

Je hoche la tête lentement, heureux de voir que nous raisonnons de façon similaire.

— Je vais jouer cartes sur table avec toi en espérant que tu feras de même.

L'absence de réaction de Dan ne me décourage pas. Je comprends qu'il soit méfiant. Si j'étais à sa place, moi aussi, j'attendrais de voir ce que j'ai à lui révéler avant de prendre position.

— Tout à l'heure, à l'hôpital, quand tu m'as demandé de joindre Eren…

— Oui ?

— Il m'a dit que, pour une fois, le fils du Président n'avait pas fait de connerie. Il a bien été arrêté, mais il s'agissait apparemment d'une méprise. Il a été relâché un peu plus tard.

Dan hoche la tête. Il n'a pas l'air surpris. Ça ne serait pas étonnant que son patron lui ait déjà raconté cette partie.

— Pourtant, alors que nous étions dans mon bureau, quand une des assistantes de l'ambassade a passé l'appel à Eren annonçant qu'ils emmenaient le fils du Président à l'hôpital, le type s'est présenté comme un officier de police se nommant Escobar. Il a expliqué qu'il avait arrêté le fils du Président et que même s'il bénéficiait d'une immunité diplomatique, son état nécessitait des soins psychiatriques.

— Et Eren n'a pas demandé le nom du flic et son numéro ? s'étonne Dan.

— Je suppose qu'il avait d'autres chats à fouetter, ce soir.

— J'imagine.

— Mais l'assistante de l'ambassade qui connaît bien les frasques auxquelles nous sommes habitués de la part du fils du Président a trouvé que c'était tout de même étrange. Alors elle a pris l'initiative de rappeler le policier ayant appelé la première fois, au numéro qu'il lui avait donné, et…

— Laisse-moi deviner, le mec qui lui a répondu n'avait pas la moindre idée de ce dont elle parlait ?

— Mieux que ça ! C'est presque un miracle que l'officier Escobar ait décroché. Il se trouve que le véritable officier portant ce nom-là est une femme. Depuis quinze jours, il n'y a personne dans son bureau puisqu'elle est en congé maternité, et là elle ne faisait qu'y passer pour récupérer je ne sais quel papier.

— Il a pu te dire tout ça en une minute ? s'étonne Dan.

Je hoche la tête. Mon boss est super doué pour communiquer en style télégraphique.

Dan réfléchit un instant et ajoute :

— Donc, celui qui vous a appelés a ses entrées dans la police locale.

— Ou en tout cas assez de relations pour se procurer le nom d'un officier de police indisponible.

Nous restons tous les deux silencieux, alors que je continue à rouler vers je ne sais où.

Je me repasse en boucle les informations dont nous disposons et parviens toujours à la même conclusion. Soit ils voulaient la peau d'Eren et c'étaient des amateurs qui n'avaient pas pris la peine de vérifier l'emploi du temps de l'ambassadeur, soit c'est Dan ou moi qui étions visés.

Nous arrivons dans un quartier pavillonnaire et Dan me fait signe de me garer devant une maison tout à fait ordinaire. Dans le jardin, un homme promène son chien. Un malinois superbe manifestement bien trop aux aguets pour que je puisse le confondre avec un simple animal de compagnie.

— Laisse le moteur allumé et suis-moi, me dit Dan en ouvrant sa portière.

Nous descendons de la voiture et l'homme et son chien prennent nos places. Avant même que nous soyons entrés dans la maison, ils sont partis.

— Il va faire quoi de la voiture ? demandé-je par pure curiosité.

— J'imagine qu'il va la rapporter à son propriétaire, après lui avoir fait faire un petit tour au garage et l'avoir sérieusement nettoyée.

Est-ce pour laisser le moins de traces possible de l'incident, ou parce que les services américains ont plus de respect pour leurs citoyens que nous ? Chez nous, on l'aurait conduite jusqu'à un petit coin tranquille pour y mettre le feu…

La pièce dans laquelle nous pénétrons ressemble à l'image que je me fais d'une maison de la classe moyenne aux États-Unis. C'est une "mud-room" : des patères pour les manteaux, une étagère basse pour poser ses chaussures boueuses, et une autre pour les chaussons à enfiler avant de pénétrer dans la maison.

Nous faisons l'économie de ce changement et pénétrons dans la pièce suivante, un petit salon avec un grand canapé et une énorme télé. Ce n'est que lorsque Dan pousse la porte suivante que je comprends que ce n'est pas un refuge improvisé à la dernière minute, mais bien une « safe house » parfaitement opérationnelle.

Les murs sont capitonnés et au bruit que fait la porte en se refermant derrière nous, je suis prêt à parier qu'elle est blindée. Au centre de la pièce, trois hommes sont occupés devant une grande table recouverte de matériel informatique. Un pan de mur est recouvert d'écrans et Garrett Smith, les poings posés sur les hanches, étudie les images qui passent en boucle face à lui.

À la seconde où l'un des informaticiens remarque ma présence dans la pièce, le mur d'écran devient noir. Garrett se retourne, évalue la situation puis aboie :

— C'est bon, il était sur les lieux quand c'est arrivé.

Aussitôt les images réapparaissent et je m'approche du boss de Dan pour me présenter.

— Cartes sur table ? me dit-il en me tendant la main.

Comprenant que Dan avait gardé son portable allumé pendant notre fuite, je me contente de hocher la tête.

— OK, on va voir ce que ça donne. Erik Astakupour, 35 ans, né à Astaku. Débuts difficiles, petite délinquance puis retour dans le droit chemin, bourse d'études qui vous a permis de passer un an aux États-Unis dans un programme d'échange. Vous avez commencé par vous lancer dans les affaires, puis êtes entré en politique lorsque votre ami Eren a été nommé ministre de la Justice. Avec lui, vous avez procédé à un grand ménage qui lui a valu une popularité telle que le

Président s'en est inquiété. Faute pour ce dernier de pouvoir le faire supprimer sans faire de vagues, il l'a éloigné en lui offrant un poste de rêve : ambassadeur du Terekstan aux États-Unis.

Garrett m'interroge du regard comme pour vérifier que je n'ai aucune objection à faire à propos de mon récapitulatif de carrière.

— Jusque-là vous avez tout bon.

— Nous n'avons rien sur votre vie privée, mais j'ai maintenant compris pourquoi.

Ce n'est un secret pour personne que, dans mon pays, on ne se contente pas d'ostraciser les homosexuels, on leur fait subir toutes sortes de sévices avant de les exécuter.

La remarque de Garrett me permet aussi de comprendre que Dan et lui ne doivent pas avoir beaucoup de secrets l'un pour l'autre, s'il est déjà au courant de ce qui s'est passé entre nous.

— Mais ça fait une moyenne avec ce que l'on sait de la vie privée de votre ami d'enfance. Ce type a une santé d'enfer. Si la séduction était un sport olympique, les États-Unis proposeraient une nationalité d'honneur à votre boss pour qu'il nous rapporte une médaille, ajoute Garrett avec sarcasme.

— Venons-en aux choses sérieuses, reprend Dan. Peux-tu nous expliquer ce qui s'est passé ce soir ?

Je balaye la pièce du regard et hésite. Il y a au moins trois personnes de trop dans cette pièce pour que je vide mon sac. Comme s'il lisait dans mes pensées, Dan demande :

— Tu veux qu'ils sortent ?

— Il y a certaines informations que je ne suis supposé partager qu'avec votre Président.

Les trois hommes interrogent Garrett du regard, puis sur un hochement de tête quittent la pièce.

Il ne reste plus que Dan, son boss et moi… et je reste toujours silencieux.

— Je dois aussi quitter la pièce ? m'interroge Dan.

Il tente de prendre un air détaché, mais je sens bien que c'est une question piège. Ma réponse devrait être un oui, sans aucune équivoque. Sauf que si je lui demande de partir, je renonce définitivement à toute chance de gagner sa confiance. Mais si je lui dis de rester, je trahis mon pays.

C'est Garrett qui me facilite la tâche :

— Dan est ma mémoire auxiliaire…

Si tout ce que je vais dire à Garrett doit finir par être répété à Dan, autant que je nous fasse gagner du temps et qu'il entende directement ce que j'ai à dire.

Je soupire.

— Je vais tout vous dire, mais avant ça, ce serait possible d'avoir un café ? La journée a été longue.

L'adrénaline a beau avoir chassé les effets du double whisky que j'ai avalé plus tôt dans la soirée, je préfère avoir les idées claires pour leur exposer notre plan.

— Aucun souci, dit Garrett en se rapprochant de la porte.

Il sort de la pièce et je l'entends demander une cafetière complète et quelque chose à manger, car il sent que la nuit risque de ne pas être de tout repos.

Un instant, je suis tenté de profiter du fait que Dan et moi sommes seuls et puis je me rappelle qu'il avait laissé son téléphone allumé, pour que son boss puisse profiter de notre conversation. À l'évidence, il n'a aucune confiance en moi. Il va falloir que je rame pour qu'il comprenne que ce qui s'est passé entre nous n'était pas du tout dans le programme. Je devais certes me rapprocher de lui, mais pas le séduire. Je devrais me moquer de ce qu'il pense, après tout, c'est la mission qui prime. Mais au fond de moi, ça a une importance.

Le silence se fait pendant que Dan dégage un coin de la table centrale pour qu'on puisse s'y installer. Lorsque Garrett revient, suivi d'un de ses gars portant un plateau recouvert de mugs, d'une cafetière et de sandwichs, nous nous y installons.

— Bien, dit Garrett. Je vous écoute.

Je prends une grande respiration et puis je me lance. En place pour le quadrille.

CHAPITRE 9

DAN

Le calme de la safe house me permet de chasser la poussée d'adrénaline des dernières minutes. Maintenant que mes idées sont cohérentes, j'ai déjà fait un tri des hypothèses dans mon cerveau. La cible était sans hésitation Erik ou Eren Burshta. Et clairement, les personnes ayant monté le coup sont des amateurs. Ne pas vérifier l'agenda de l'ambassadeur est une erreur de débutant. Ce qui exclut une bonne partie des services secrets des pays alliés ou ennemis du Terekstan, tout comme leurs militaires. Mais avant de pousser mon analyse plus loin, je suppose qu'il faut que j'entende ce qu'Erik a à dire.

Est-ce que son explication lèvera mes doutes sur le fait qu'il m'ait approché en premier lieu pour se servir de moi ? Pas certain. Après tout, il a lui-même avoué qu'il avait pour but d'entrer en contact avec Garrett. Il a beau dire que ce qu'il s'est passé entre nous n'était pas au programme, j'ai tout de même de sérieux doutes. Dans notre monde, tout le monde sait que les confidences sur l'oreiller sont les plus faciles à obtenir. Heureusement pour moi, je suis parti avant qu'il n'ait pu me poser la moindre question. Et quelque part, les auteurs de ce coup monté raté m'ont rendu un énorme service. Va savoir ce qu'il se serait passé ce soir ? Je doute que je lui aurais livré tous mes secrets, mais combien de temps aurait duré cette mascarade ?

Je l'avoue, lorsque j'ai recroisé Erik à la réception, j'étais un peu trop heureux de le revoir. Du genre à lui proposer un rencard ou quelque chose comme ça, balançant par la fenêtre ma propre ligne de conduite depuis ma dernière relation. Il faut croire que je n'ai pas vraiment appris de mes erreurs. Quand j'ai laissé Michael entrer dans ma vie, j'avais des œillères énormes. Je n'ai pas douté une seule seconde de sa sincérité envers moi. Pourtant, vu mon travail, j'ai appris à me méfier de tout le monde. Mais la solitude me fait oublier les précautions de base.

Quand il a été clair que Michael m'avait approché uniquement pour pouvoir accéder à des informations que je partage avec Garrett, je suis tombé de haut. Au point de remettre en cause ma légitimité dans ce boulot. On peut dire qu'une fois de plus, je me pose des questions…

— Comme vous le savez, le Terekstan fonctionne davantage de la même manière qu'une dictature plutôt qu'une démocratie, commence Erik. Les droits de l'homme…

— Passe-nous le point géopolitique, le coupé-je sèchement. Nous sommes au courant de la situation dans ton pays.

Garrett me lance un coup d'œil qui signifie : calme-toi et laisse-le s'exprimer. Je suis conscient que j'agis de façon stupide, mais la pilule a du mal à passer. J'inspire et constate qu'Erik m'observe avec attention. Il sait que je lui en veux et il semble le regretter. Peu importe, je ne vais pas être attendri par des excuses, mais Garret a raison, je dois le laisser parler.

— Vous l'avez dit tout à l'heure, Garrett, Eren Burshta a effectué un travail exemplaire en tant que ministre de la

Justice, il bénéficie d'une popularité bien plus conséquente que celle du Président. C'est bien pour ça que ce dernier l'a écarté en lui offrant une *promotion*. Rien de mieux que de l'éloigner de l'autre côté de la Terre pour éviter qu'il vienne fourrer son nez dans les affaires du Président.

Erik ponctue sa phrase d'un petit rire amer.

— Il aurait pu refuser, fait remarquer Garrett, impassible.

Je sais qu'il n'en pense pas un mot, il provoque Erik pour voir comment il va réagir.

— Refuser un poste d'ambassadeur aux États-Unis ? C'était se placer officiellement contre le Président qui l'aurait de toute manière démis de ses fonctions. Et surtout, perdre une occasion d'être entendu.

— Et je suppose que par *être entendu*, vous ne parlez pas du peuple Terek, mais de notre pays et de ses alliés ?

— C'est exact.

— L'ambassadeur est en contact avec le Président du pays hôte, je ne saisis pas bien pourquoi vous avez besoin de l'approcher autrement, dis-je d'un ton bourru.

Un sourire amusé se dessine sur les lèvres d'Erik. Il a compris que je joue les idiots.

— Je pense que tu as déjà la réponse à cette question. Eren ne veut pas *officiellement* parler au président des États-Unis. Ce qu'il souhaite, c'est une conversation privée.

— Et pourquoi le Président devrait-il la lui accorder ? demande Garrett en se rencognant dans son siège.

— Comme je le disais, Eren jouit d'une grande popularité. Si nous parvenons à organiser des élections, nous n'avons aucun doute sur le fait qu'il gagnerait haut la main.

— Eh bien, organisez des élections et les États-Unis se féliciteront de l'arrivée au pouvoir d'un homme qui semble prêt à réinstaller la démocratie et à améliorer les conditions de vie de sa population, dit Garrett.

— Ce n'est pas aussi simple et vous le savez. Le Président a les moyens de faire en sorte que le scrutin tourne en sa faveur.

— Si le peuple est derrière Eren, il a déjà un sacré avantage, fais-je remarquer.

— Un peuple muni de bâtons ? Dan, tu n'es pas stupide au point de penser que ça pourrait marcher. Si le Président envoie l'armée, la rébellion ne sera que de courte durée.

— Alors à Eren de convaincre l'armée de le suivre.

Erik soupire.

— L'armée est gangrénée surtout dans son commandement. Il n'y a aucune chance que ça marche. Pas si nous sommes incapables de prouver que nous sommes en mesure de faire face.

— Je suppose que c'est là que vous aimeriez que notre pays intervienne ? demande Garrett.

Les yeux sombres d'Erik se concentrent sur mon patron et meilleur ami. J'avoue que l'espoir que j'entrevois sur son visage me touche.

— Si nous avions l'appui de grandes puissances étrangères, nous aurions de quoi démontrer à la fois à l'armée que nous n'allons pas nous laisser faire, mais aussi au peuple qu'il n'a pas de craintes à avoir. Qu'ils peuvent descendre dans la rue, se rendre dans les bureaux de vote, qu'il y a quelqu'un pour assurer leurs arrières.

— Et vous êtes sûr que le peuple se mobiliserait derrière Eren ? demande Garrett.

— Oui, sans aucun doute. Et si ce n'est pas Eren, ça peut être quelqu'un d'autre. Mais quelqu'un emprunt de justice et de démocratie. Les Tereks souffrent depuis trop longtemps déjà.

— Il y a des pays voisins où les tentatives d'installer la démocratie ont échoué, souligne Garrett.

— J'en suis conscient. Mais je pense que les Tereks sont prêts. Il… Eren a de grands projets et il est sûr que certains ne pourront être mis en œuvre qu'après un certain temps. Il faut que le peuple ait accès à une meilleure éducation. C'est ainsi que les mentalités des plus récalcitrants pourront évoluer. Notre pays a l'un des taux les plus faibles d'accès aux études supérieures, notamment chez les femmes. Il faut que ça change. Que les gens comprennent qu'il n'y a pas une partie de la population qui est plus importante que l'autre, que nous avons tous les mêmes droits. Certains en sont déjà conscients et je sais qu'Eren pourra à terme convaincre les plus récalcitrants.

Il soupire et ajoute, comme perdu dans ses pensées.

— J'aime profondément mon pays, ses paysages, sa culture, ses traditions, mais j'en ai marre de ne vivre qu'à moitié, de vivre caché. Je veux pouvoir un jour me promener librement dans la rue avec la personne que j'aurai choisi d'aimer, pourquoi pas me marier, avoir des enfants.

Garrett hoche la tête et demande :

— Qu'attendez-vous de moi ?

— Un entretien avec le Président, pour Eren. Seul à seul, rien d'officiel. Sous les radars. Une chance de le convaincre de nous aider.

— Vous savez que je ne gère pas l'emploi du temps présidentiel ?

— Je sais que vous lui parlez régulièrement.

— Vous comprenez que j'ai des requêtes de ce genre tous les jours, non ?

Erik opine du chef.

— J'imagine. Je n'ai pas la prétention de penser que notre demande doit passer au-dessus de la pile. Mais le temps presse. Des groupes dissidents montent des actions pour tenter de renverser le Président. La plupart sont vouées à l'échec et n'apporteraient que le chaos. La proposition d'Eren est solide et surtout elle est faite pour aller dans le sens de la démocratie. Nous ne voulons pas d'un autre dictateur à la tête du Terekstan. Passer de Charybde à Scylla, ce n'est pas ce que nous recherchons.

Je songe immédiatement aux infos rapportées par Seth, l'autre jour, comme quoi les organisations anti-Président étaient un peu trop calmes en ce moment, ce qui était peut-être mauvais signe.

— Vous vous doutez bien que je ne vais pas téléphoner au Président dans la foulée. Il va me falloir des preuves, finit par lâcher Garrett.

— Je n'en attendais pas moins, répond Erik. Nous réclamons juste une chance de pouvoir lui exposer nos idées.

Garrett se redresse et lance :

— Bien, je vais y réfléchir. Dan, tu peux me suivre dans la cuisine, s'il te plaît ?

Je quitte la pièce tout en évitant le regard d'Erik que je sens posé sur moi.

— Qu'est-ce que tu en penses ? me demande Garrett, une fois seuls.

— Je ne sais pas. Je comprends la logique de tout ça, mais le procédé…

— Il a raison sur un point, Burshta ne peut pas requérir une rencontre officielle.

— Tu vas en parler au Président ? m'étonné-je.

Garrett prend un moment avant de répondre.

— Pas pour l'instant. J'ai besoin d'en apprendre davantage sur cet Erik et sur son ambassadeur.

Je hoche la tête.

— Il faut aussi déterminer si le guet-apens de ce soir

était vraiment destiné à coincer Eren Burshta, ou si c'est un écran de fumée.

— Tu penses qu'il aurait pu être orchestré par Erik ou Eren ?

Garrett hausse les épaules.

— Je n'exclus aucune hypothèse.

— Alors, quelle est la suite ?

— Je suis d'avis de garder Erik dans la safe-house, au moins pour les prochaines 24 heures. Et toi, mon ami, tu vas rester avec lui.

— Moi ? m'égosillé-je. Mais…

— Dis-moi qui d'autre que toi est mieux placé ? Tu étais présent sur les lieux de l'attaque, tu as entendu toute son histoire…

— Justement, est-ce que ça ne serait pas mieux…

— Tu as établi une connexion avec lui, ajoute-t-il d'un air moqueur.

— Une… Bordel, Garrett ! Tu ne peux pas utiliser ça contre moi !

— Pas contre toi, mais pour le service des États-Unis, si.

Je le foudroie du regard alors que lui se marre.

— Tu es censé être de mon côté !

— Je suis du côté de mon pays avant tout, s'amuse-t-il.

Il reprend, plus sérieux :

— Relax, Dan, je ne te demande pas de coucher avec lui. Seulement de gagner sa confiance et d'essayer de lui tirer les vers du nez.

— En gros, tu me proposes de jouer les Mata Hari et je devrais me sentir flatté ?

— Au fond de toi, tu sais que tu es la meilleure personne pour le job.

Je soupire. Oui, j'en suis conscient. Mais je suis conscient aussi que je suis un peu trop sous le charme du bel

Erik Astakupour et j'ai peur que cela ne vienne fausser mon jugement. Je me pince l'arête du nez et m'entends répondre :

— OK, mais tu n'as pas intérêt à me laisser plus de 24 heures ici.

Son sourire ne me dit rien qui vaille.

— Je suis sérieux, Garrett ! J'ai une vie, j'ai des trucs à faire et…

Il part déjà en direction de la sortie.

— Il y a tout ce qu'il faut dans la maison, le rez-de-chaussée est sous vidéosurveillance, le couloir de l'étage aussi et toutes les issues extérieures. Mais vous êtes tranquilles dans les chambres et les salles de bains.

— Je suis au fait du fonctionnement des safe house, merci, bougonné-je en sachant très bien pourquoi il me dit tout ça.

Mais je ne plaisantais pas. Il est hors de question que j'aie une quelconque relation intime avec Erik, d'autant plus qu'il est potentiellement de mèche avec l'attaque de ce soir.

— Je vous fais livrer de la nourriture et des vêtements, dit-il.

— Je ne reste que 24 heures, tu te trouves une autre baby-sitter ensuite, s'il te plaît.

— Tu sais que je tiens toujours mes promesses, balance-t-il par-dessus son épaule en sortant.

Oui, je le sais. Sauf qu'il n'a absolument rien promis, c'est bien ça qui m'inquiète.

CHAPITRE 10

ERIK

Seul dans la salle des ordinateurs, j'en profite pour faire l'inventaire de la pièce afin de tromper le temps. Hélas, il n'y a pas grand-chose à voir. Les écrans reliés aux caméras extérieures me montrent l'activité normale d'une banlieue pavillonnaire. Une voiture de temps en temps, mais aucun passant. Vu l'heure et le froid, ça n'a rien d'étonnant. J'observe Garrett avancer jusqu'au bout de l'allée qui conduit de la maison à la rue. Une voiture s'arrête pour le prendre, puis à nouveau le calme le plus absolu.

Je me tourne vers le centre de la pièce. Les informaticiens ont mis leurs écrans en mode veille. Je ne prends même pas la peine d'essayer de bouger une souris, je ne doute pas un instant que tout soit protégé par des mots de passe. Là, je suis un peu jaloux de Dan. Quel plaisir ça doit être de travailler avec des professionnels ! Je crois que c'est ça notre plus gros souci. Les partisans d'Eren sont loin d'être stupides, mais ce sont tous des amateurs. Et les amateurs enthousiastes sont dangereux. Ils croient tellement fort à notre cause qu'ils prennent des risques inconsidérés…

Eren pensait trouver la solution à tous nos problèmes

dans un système judiciaire réformé. Il était trop optimiste. Certes, il a changé la vie de bien des gens, mais la justice, ça ne suffit pas. La solution, c'est l'éducation. Je le répète à qui veut l'entendre… ou pas, d'ailleurs.

Un mouvement sur l'écran attire mon regard. L'équipe des techniciens s'en va aussi. A priori, il ne reste plus que Dan et moi. Les minutes s'écoulent et il ne revient pas.

Autant profiter de ce moment de solitude pour faire un rapport à Eren. Sur mon téléphone, je vois qu'il a appelé plusieurs fois depuis que nous avons quitté l'hôpital. J'étais sur silencieux… et même si je ne l'avais pas été, j'étais bien trop concentré sur la conduite pour répondre.

J'espère qu'il voulait juste un rapport et qu'il ne s'est rien passé à l'ambassade ?

Merde ! Quel que soit le côté de la pièce où je me place, je n'ai aucun signal. Sans doute est-ce normal pour ce genre d'endroit ? L'isolation doit être parfaite. Estimant que j'ai fait preuve d'assez de patience, je retrace mes pas jusque dans la partie habitation de la maison. Dans le salon, la grande télé qui couvre une partie du mur est allumée sur une chaîne info qui nous annonce d'importantes chutes de neige. Un temps de saison, après tout.

Une autre porte s'ouvre sur la cuisine où Dan se bat avec une cafetière récalcitrante. Il y a du café partout sur le comptoir. J'attrape le torchon accroché à la poignée du four pour tout éponger avant que le liquide ne se répande sur ses chaussures.

— Merci, grommèle-t-il en reculant d'un pas pour me laisser la place.

Il a beau se pousser contre le mur, la cuisine est si étroite que je me retrouve collé contre lui. Sa réaction est aussi immédiate que la mienne. Le fait que nous soyons maintenant tous les deux seuls dans la maison ne doit pas y être étranger non plus. Il soupire et je m'écarte, à regret. J'ai beau avoir envie de profiter de la situation, ce n'est pas la priorité. Non. Je dois, avant tout, gagner sa confiance. Enfin, au moins le persuader du bien-fondé de notre cause.

— Je n'avais pas de réseau dans l'autre pièce, et il faut que j'appelle Eren, lui dis-je en ressortant de la cuisine, après avoir lancé le torchon dans l'évier.

— Je ne pense pas que ce soit une bonne idée, répond-il en me suivant.

Je me retourne pour lui faire face et me retiens d'aboyer que ce n'est tout de même pas lui qui va m'empêcher d'appeler mon boss et meilleur ami pour lui annoncer que je suis encore en vie. Mais je respire un grand coup et l'interroge :

— Comment ça ?

Mon ton doit être plus agressif que je ne le pense, car il lève les mains comme on le fait face à un excité.

— Je ne te dis pas de ne pas l'appeler. Je te dis seulement de ne pas le faire avec ton téléphone, mais avec le mien. On fait un échange.

Et comme il me tend son portable, j'accepte de lui passer le mien.

Le temps que je compose de mémoire le numéro privé d'Eren, celui de sa ligne non officielle que nous changeons toutes les semaines, Dan a ouvert mon téléphone pour en retirer la puce.

Par principe j'ai envie de protester, mais en réalité, je sais qu'il a raison. Autant ne prendre aucun risque tant qu'on ne sait pas exactement ce qui se passe.

Eren décroche à la 4ème sonnerie. J'imagine que c'est le temps nécessaire pour s'isoler avant de répondre à un numéro inconnu.

— Allo ?

— Eren, c'est moi.

— Mais t'es où, bordel ?

Sa colère est rassurante. Il ne s'est rien passé de grave. Il était juste inquiet de mon silence.

— On est tombés dans une embuscade, à l'hôpital. On a réussi à s'enfuir et là, je ne sais pas exactement où je suis, mais tout va bien. Je suis avec Dan Patterson.

— Non, tout ne va pas bien ! Archak a été retrouvé la gorge tranchée dans la voiture de l'ambassade.

Je laisse échapper une bordée de jurons dans ma langue maternelle. Pas un instant je n'ai pensé à notre chauffeur ! Je n'imaginais pas une seule seconde que quelqu'un ait pu vouloir lui faire la peau. Il était tranquillement dans la limousine à nous attendre.

Passant de l'anglais au Terek, je réfléchis à haute voix :

— Je ne vois qu'une seule raison pour qu'ils aient décidé de le supprimer.

— Oui, il a vu quelque chose ou reconnu quelqu'un, me répond Eren.

Devant moi, Dan s'impatiente et me fait signe de lui passer l'appareil.

— Dan veut te parler, lui dis-je.

— Monsieur l'ambassadeur, nous pensons plus prudent de garder Erik ici, au moins pour la nuit.

Quelques secondes de silence, le temps qu'Eren lui réponde, et Dan reprend :

— Oui, je suis d'accord. Et Garrett Smith vous rappellera demain pour faire le point sur la situation.

Encore un silence, puis Dan raccroche. Il range le téléphone dans sa poche, me regarde. Je lis toute la suspicion du monde dans ses yeux et soudain je comprends…

— Tu penses que c'est un coup monté ?

— Effectivement, je me pose la question, répond-il sur un ton glacial.

Je presse les paumes de mes mains sur le haut de mes tempes pour soulager la pression que je sens monter en moi. Un de mes plus gros défauts est d'avoir un caractère passionné. Il me faut donc déployer des trésors de contrôle pour ne pas exploser. Je tente de me raisonner.

Depuis que je suis entré en politique, je n'ai plus confiance en grand monde. Alors oui, je suppose que si j'étais à sa place, j'envisagerais tous les scénarios possibles, et l'idée d'un coup monté me serait aussi venue à l'esprit. Cette éventualité est d'autant plus vraisemblable si le piège a été monté de façon intelligente, par des gens qui savent que l'ambassade a déjà dû intervenir à plusieurs reprises pour sauver le fils du Président de situations absurdes et compromettantes. L'équipe qui était sur place était manifestement composée d'amateurs… ou de personnes qui ont fait semblant d'être des amateurs.

— Donc Eren et moi, on aurait inventé cette histoire et fait semblant d'échapper à ce traquenard ?

Dan hoche la tête.

— Et ça dans quel but ?

Pour toute réponse, il hausse les épaules comme si c'était l'évidence même.

— Pour pouvoir accéder à Garrett et au Président plus facilement ?

Je ferme les yeux et prends une grande respiration avant de lâcher :

— Je sais que ça n'aura sans doute pas une grande importance pour toi, mais je vais t'avouer que là tu me déçois beaucoup. Je n'imaginais pas une seule seconde que tu puisses avoir une aussi piètre opinion…

— D'un mec qui est prêt à tout pour atteindre le but qu'il s'est fixé ? me coupe-t-il.

— Eh bien, c'est là où tu te trompes, protesté-je de façon véhémente, j'ai des limites.

— Tu veux dire que tu ne serais pas prêt à coucher avec le premier venu, pour assurer l'avenir de ton pays et la liberté de ton peuple ?

— D'abord, tu n'es pas le premier venu et je n'ai pas passé la nuit avec toi en service commandé. Ensuite, je ne vais pas le nier, tu as raison, si Eren m'en avait donné l'ordre, je n'aurais pas hésité un instant à tenter de te séduire pour faire avancer notre cause. En fait, je suis prêt à sacrifier ma vie pour mes idéaux, mais jamais, tu m'entends, jamais je ne sacrifierais froidement, volontairement, la vie d'un innocent.

Dan fronce les sourcils, comme s'il ne comprenait pas de quoi je parle.

Je m'approche de lui en parlant de plus en plus fort :

— Si ça avait vraiment été un coup monté, si on avait imaginé cette histoire invraisemblable pour faciliter le rapprochement entre Eren et ton Président, j'aurais pris le volant moi-même pour nous rendre à l'hôpital.

Nous sommes presque nez à nez et Dan ne recule pas.

J'attrape des deux mains les revers de sa veste et c'est presque en hurlant que je termine ma phrase :

— Archak avait quarante ans, une femme, deux filles de dix et douze ans. Demain matin, à leur réveil, ces gamines apprendront que leur père n'est plus là. Sa veuve lira sans doute dans les journaux qu'il a eu la gorge tranchée… et ça, tu vois, c'est bien au-delà de mes limites. Mais si tu penses effectivement que j'ai pu froidement décider de détruire la vie d'une famille juste pour….

Je ne sais même pas comment terminer ma phrase. Alors, je relâche ma prise sur lui et fais un pas en arrière. Je suis dans une colère noire. Pas seulement parce qu'un innocent est mort de façon injuste, mais parce que je n'arrive pas à admettre que Dan puisse avoir une aussi pitoyable opinion de moi. C'est sans doute absurde, mais si je pouvais comprendre sa méfiance, je ne peux accepter l'idée qu'il me croie aussi foncièrement froid et calculateur.

Une seule conclusion s'impose :

— Toi et moi, nous n'avons plus rien à nous dire. Si je ne peux pas rentrer chez moi ce soir, je te remercie de me montrer où je dois passer le reste de la nuit.

— À l'étage, choisis la chambre que tu veux, répond-il en détournant le regard. Dans la salle de bains, tu trouveras tout ce dont tu peux avoir besoin pour la durée de ton séjour.

Sans plus attendre, je grimpe l'escalier. Sur le palier, trois portes sont ouvertes. Deux chambres, une salle de bains. Je pénètre dans la première et claque la porte violemment derrière moi.

Sans prendre la peine de me déshabiller, je m'allonge sur le lit et tente de me calmer.

À travers la porte fermée, j'entends la voix de Dan. Une brève conversation téléphonique puis il monte à l'étage à son tour. Il s'arrête devant ma porte quelques secondes, puis continue sa route jusqu'à la salle de bains. Au bruit de la douche, l'image du corps de Dan nu s'impose à moi et je décide de la chasser de mon esprit.

Si je ne suis pas le monstre qu'il imagine, je ne suis pas non plus un sombre crétin. Or, seul un véritable crétin craquerait pour un mec qui n'a pour lui que le plus grand mépris.

CHAPITRE 11

DAN

La nuit fut courte entre reliquats d'adrénaline et questions qui font tourner mon cerveau à plein régime. La dernière chose à laquelle je m'attendais était de finir ma soirée dans une des maisons sécurisées que nous utilisons pour nos *clients*. Encore plus d'être un de ces *clients*, car à l'heure actuelle, il n'est toujours pas écarté à 100 % que j'aie été la cible de l'attaque, même si les chances sont très minces. Comme Erik l'a fait remarquer, je n'étais même pas censé être à la soirée de l'ambassade en premier lieu.

De toute façon, danger sur ma personne ou pas, je suis condamné à être là. Garrett veut qu'on surveille Erik de près, autant pour sa sécurité que pour déterminer à quel niveau il est impliqué… ou pas. Hier soir, il était en colère quand il a compris que je le soupçonnais, ce que je peux comprendre s'il n'a rien à se reprocher. Mais une toute petite partie de moi songe qu'il est peut-être aussi un excellent acteur. Je l'avoue, quand je suis allé me coucher, j'ai été à deux doigts de toquer à sa porte pour m'excuser. Mais je me suis ravisé. Je n'ai aucune preuve, si ce n'est mon instinct. Et on sait combien mon instinct n'est plus aussi fiable qu'avant. Il suffit de penser à ma nuit avec Erik. Il a beau se défendre et dire que ce qui s'est passé entre nous était imprévu, il m'a tout de même approché au départ à des fins intéressées. Et moi, je n'ai rien vu venir.

Alors que je m'habille, mon reflet dans le miroir me renvoie l'image d'un homme que je n'aime pas, désabusé par trop de mauvaises expériences. Je sais que c'est plutôt hypocrite de ma part de songer ça, alors que moi-même, j'ai menti sur mon identité à plus d'une reprise, pour mon travail.

Je soupire et enfile un pull. Il neige dehors. La seule consolation de passer la journée enfermé ici est que je n'aurai pas à affronter le verglas sur la route.

Je sors de la chambre que j'ai choisie hier par défaut et jette machinalement un coup d'œil en direction de celle d'Erik. La porte est ouverte. Une odeur de café et de quelque chose de plus sucré en provenance du rez-de-chaussée me chatouille les narines.

Génial, moi qui pensais pouvoir prendre mon petit déjeuner, avant de devoir l'affronter.

Je descends l'escalier, le bruit de mes pas est étouffé par la moquette. J'entre dans la cuisine, Erik se tient devant le fourneau et se tourne vers moi avec un large sourire.

— Salut ! lance-t-il joyeusement.

Ce n'est pas le fait qu'il soit clairement d'humeur plus matinale que moi qui m'interpelle. Mes yeux, sans que je les contrôle, quittent son visage pour descendre sur ses épaules nues, son torse, ses abdos bien dessinés. Il ne porte rien de plus qu'un bas de jogging gris qui tombe bas sur ses hanches. Il n'y a rien que je n'aie déjà vu, mais à la lumière du jour et alors que ne m'y attendais pas, c'est différent. Son corps est sculpté comme celui d'un athlète sous sa peau dorée. Un fin duvet brun ombre ses pectoraux. Je me souviens tout à coup un peu trop bien de leur fermeté sous le bout de ma langue.

Merde, comment fait-il pour avoir un corps pareil en travaillant derrière un bureau ?

— J'ai fait des pancakes, dit-il.

J'ajoute à ma liste mentale *"en travaillant derrière un bureau et en mangeant des pancakes"*.

Mon regard coupable remonte vers le sien qui est éclairé d'une lueur d'amusement.

Grillé.

— Euh… merci.

Il se retourne vers sa poêle et balance par-dessus son épaule :

— Il y a du café de prêt.

Du café. Tiens, voilà une chose sur laquelle se concentrer. Tout, plutôt que ne pas avoir une place au premier rang pour admirer son côté pile. Le souci, c'est que la cuisine est si exiguë qu'il est compliqué de faire comme s'il n'était pas là. Sans parler du fait qu'il semble d'humeur volubile.

— Je les ai préparés avec un mélange déjà tout fait que j'ai trouvé dans le placard. Ce ne sera pas aussi bon que des pancakes faits maison, mais ça fera l'affaire.

— J'imagine, marmonné-je sans avoir vraiment d'avis sur la question.

S'il savait que la plupart du temps, je ne mange même pas au petit déjeuner !

— Au Terekstan, on a une sorte de galette qui s'apparente aux pancakes, si tu as l'occasion d'y aller, il faut absolument y goûter. C'est délicieux.

Je n'ai aucun projet d'aller au Terekstan, ni de manger quoi que ce soit qui ressemble à une galette, un pancake ou toute autre préparation de la même famille. Je mets ma main à couper qu'Erik est en train de ruiner mes futures confrontations avec ce genre de plat. Est-ce que je vais être obligé de repenser à lui et à mon erreur monumentale de jugement à son égard, dès que je vais sentir l'odeur du sirop d'érable ? Probablement.

— Je vais boire mon café à côté, grogné-je.

— OK ! J'arrive dans une minute.

Ce serait trop demander qu'il me laisse tranquille ? Je dois… Je dois faire quoi, d'ailleurs ? Les mots de Garrett étaient clairs : il faut que j'en apprenne le plus possible sur lui et ce n'est certainement pas en l'évitant que ça va arriver. Je soupire au-dessus de ma tasse fumante, le regard plongé sur la fenêtre. Le quartier est plutôt calme, mais la neige qui recouvre déjà tout de blanc étouffe encore davantage les bruits.

— Et voilà !

Je me retourne vers Erik qui n'a pas miraculeusement enfilé un t-shirt, mais qui apparaît avec deux assiettes et des couverts. Il en dépose une devant moi et je dois reconnaître que ça a l'air appétissant. Si jusqu'alors je n'avais pas faim, c'est le cas, maintenant.

Erik s'installe face à moi et enfourne une première bouchée. Il ferme les yeux et gémit de plaisir. Son un peu trop familier à mes oreilles. À nouveau, des flashs de notre nuit ensemble me reviennent. Je manque de m'étrangler avec mon café.

— Ce ne sont peut-être pas les meilleurs pancakes du monde, mais ça y ressemble beaucoup. J'ai une de ces faims !

Nous n'avons pas vraiment dîné hier soir, mis à part un ou deux canapés à la réception de l'ambassade. L'adrénaline est un bon coupe-faim, mais à présent, mon estomac lui aussi se rappelle à mon bon souvenir.

Je tranche un morceau de pancake et Erik demande :

— Tu n'es pas du matin, ou tu as décidé qu'on jouait au jeu de celui qui prononce le moins de mots ?

Je cligne des yeux et il continue :

— Non, parce que tu as le droit de ne pas être du matin. Après tout, c'est peut-être le cas, ce n'est pas comme si la dernière fois, on avait eu l'occasion de prendre le petit déjeuner ensemble et…

— Je suis préoccupé, le coupé-je.

Mon intervention a l'avantage de le faire taire.

— Ce n'est pas forcément contre toi. Je ne suis pas connu, certes, pour ma capacité à être un grand bavard au saut du lit, mais ça a tout à voir avec l'affaire.

Il se rembrunit un peu et opine du chef.

— Mais toi par contre… commencé-je en m'interrogeant sur la façon de tourner le reste, pour ne pas le froisser.

— Tu te demandes pourquoi je ne te fais pas la gueule, alors qu'on s'est quittés fâchés, hier ?

C'est à mon tour de hocher la tête. Il se laisse aller au fond de son siège en croisant les bras sur sa poitrine, ce qui en théorie me laisse tout loisir de l'admirer. Mais ses yeux noirs me retiennent captif. Je suis incapable de détacher mon regard du sien.

— Je n'ai pas énormément dormi, j'ai beaucoup réfléchi. Je comprends ton point de vue, même si j'ai du mal à l'accepter. Je vais essayer de te démontrer que je ne suis pas coupable… pour le reste… Je t'ai expliqué ma logique : oui, je t'ai approché en étant intéressé. Non, je n'aurais jamais poussé les choses plus loin, juste pour le boulot. Pas sans un ordre, du moins. Maintenant, à toi d'en faire ce que tu veux, de me croire ou pas. Je ne vais pas perdre toute mon énergie à essayer de te faire changer d'avis à mon sujet. Si tu décides que le fait que je n'ai pas été honnête avec toi dès le début coupe court à toute sorte de relation, amicale… ou autre, alors ainsi soit-il.

Je le fixe, un peu interloqué par cette déclaration. Il vient de déposer ses armes sur la table et me demande à moi de choisir quoi en faire. Il y a différents sentiments qui se mélangent en moi : de l'admiration pour sa franchise, son courage et même pour sa résignation. Même si on ne va pas se mentir, celle-ci me déçoit un peu aussi. Il ne se battra pas, pas pour moi, c'est ce qu'il est en train de dire. Mais il parle aussi d'une relation plus qu'amicale. Qu'attend-il au juste ?

— Tu es sous ma protection, lui rappelé-je.

Son expression change légèrement. Il est déçu. Je me rends compte alors que ma réponse ferme la porte qu'il a laissée entrouverte. Il pense que le fait que je sois affecté à sa surveillance coupe court à tout autre chose. Il m'adresse un sourire tendu et fonce vers ses pancakes.

OK, en une phrase, j'ai fait foirer toute tentative de réchauffement entre nous. Heureusement que ce n'est pas moi qui m'occupe des relations diplomatiques. Je déclencherais des guerres avec mes maladresses.

Je mange moi aussi, mais le cœur n'y est pas. Alors j'essaye de poser une question, histoire de relancer la conversation :

— Tu n'as pas froid ?

Il lève un sourcil interrogateur.

— C'est ta façon polie de me demander d'enfiler un t-shirt ?

— Oui… Non ! Désolé, tu fais ce que tu veux. C'est juste… je trouve qu'il fait un froid de canard et…

— Un froid de canard, dit-il en roulant des yeux. Vous les Américains, vous ne vous rendez pas compte que vous mettez tout le temps le chauffage beaucoup trop fort ! Il fait une chaleur à crever dans cette baraque ! C'est moi qui me demande comment tu fais avec ton pull.

— Je… il neige dehors !

— Et alors ? Pas dedans !

Je tente un sourire et à partir de ce moment-là, la discussion devient plus naturelle. Nous parlons de tout et de rien et je me rends compte que c'est une des premières fois que nous avons une conversation de plus de cinq minutes qui ne tourne pas autour de l'épisode d'hier, ou bien qui ne soit là qu'en guise de préliminaire. Erik me parle de son pays, de sa famille, et moi je l'écoute en posant quelques questions. Au bout d'un moment, il se lève, s'étire et attrape mon mug pour le débarrasser. Sauf que je fais de même au même moment. Nos doigts se frôlent, mon épiderme frissonne.

Je m'en veux qu'il puisse avoir un tel effet sur moi. Mais c'est tellement euphorique en un sens. Comme si je me réveillais enfin après une longue torpeur. Et pourtant il m'a juste effleuré. Nous débarrassons le petit déjeuner, la cuisine riquiqui est encore une fois propice aux rapprochements. Je me demande si Erik ne le fait pas un peu exprès, surtout quand il pose sa main sur ma hanche comme pour tenir l'équilibre, alors qu'il range le café dans le placard.

— Je vais prendre une douche, dit-il.

Il n'y a rien de provocant dans son annonce, mais susurrée à quelques centimètres de mon oreille, alors que mon corps est déjà en ébullition, elle prend une tout autre saveur.

— OK… moi je vais… déblayer l'allée ! Avec toute cette neige qui tombe…

Un peu d'exercice ne me fera pas de mal. L'air froid non plus.

J'enfile une des vestes présentes dans l'entrée et me rends à l'extérieur. Je trouve facilement une pelle dans le garage et commence à travailler. Je me concentre sur ma tâche. Pour quelques minutes, je veux oublier Erik, le Terekstan et tout ce qui s'y rapporte. Mais mon moment de calme est très vite troublé quand la porte d'entrée s'ouvre. Erik est sur le seuil, mon téléphone à la main.

— Dan !

Il n'a pas à en dire davantage. Je comprends qu'il y a du nouveau.

CHAPITRE 12

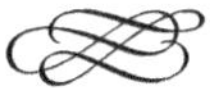

ERIK

*D*an plante sa pelle dans le tas de neige qu'il a constitué sur le bord de l'allée, puis vient jusqu'à moi pour récupérer son téléphone. Il n'a pas l'air contrarié que j'aie répondu. Il serait bien malvenu de l'être. Après tout, s'il ne voulait pas que je sache qui l'appelle ou que je décroche, il n'aurait pas dû oublier son téléphone dans la cuisine.

Je décide de considérer cet oubli comme un compliment. Non pas une preuve de confiance, il ne faut pas rêver, mais simplement l'indice que ma présence trouble assez ce pro du renseignement pour qu'il fasse une erreur de débutant. Mais il semble que l'air frais et l'exercice lui aient permis de reprendre ses esprits, puisqu'au lieu de rentrer et de prendre l'appel devant moi, Dan s'éloigne dans le jardin enneigé avec son appareil à l'oreille. Dépité de ne pouvoir écouter ne serait-ce qu'un côté de la conversation, je referme la porte et remonte dans ma chambre pour enfiler le haut du survête-ment que j'ai trouvé dans le placard. Il est un peu large, mais je ne vais pas faire le difficile. C'est ça ou mes habits d'hier. Après tout c'est déjà bien d'avoir un choix, même limité.

En bas de la penderie se trouve un assortiment de chaussures de sport. J'ai du bol, il y en a une paire à ma taille. Je cherche des chaussettes. En vain. Il semble que la personne chargée de garnir les placards soit fâchée avec les sous-vêtements.

Un rapide coup d'œil par la fenêtre me permet de constater que Dan fait les cent pas, silencieusement.

Derrière lui les pavillons voisins sont parés de leurs guirlandes de Noël, de cannes blanches et rouges géantes. Un peu plus loin dans la rue, il y a même un traîneau rouge recouvert de paquets cadeaux. À côté de lui, dans la neige, une demi-douzaine de rennes miniatures batifolent dans la poudreuse. Sans doute pour ne pas trop détonner, ceux qui gèrent cette maison ont accroché à la boîte aux lettres au bout de l'allée une couronne en fausses feuilles de sapin garnie d'un nœud rouge. Ce n'est pas très festif, mais c'est mieux que rien.

Comme s'il sentait que je l'observe, Dan s'immobilise, lève les yeux vers moi. Nos regards se croisent, puis il me tourne le dos et recommence à marcher.

Un instant, j'envisage d'aller le rejoindre, puis je me ravise. À quoi bon ? Ce matin, j'ai déjà beaucoup pris sur moi. Je lui ai tendu un rameau d'olivier et il a été clair, il n'en veut pas. Pour lui, à partir de maintenant, notre relation est strictement professionnelle et d'ailleurs, j'imagine qu'il n'a qu'une seule envie : y mettre un terme définitif le plus vite possible.

J'ai beau me dire qu'il a raison, je ne peux me résoudre à jeter l'éponge. Je dois être foncièrement maso puisque si tout se passe comme nous le souhaitons, je repartirai au Terekstan avec Eren pour l'aider à reconstruire notre pays sur des bases solides, alors que Dan restera ici. Et tout le monde sait que les relations à distance sont vouées à l'échec, lorsqu'elles sont sans perspective d'avenir. Il faut être réaliste, même si nous arrivions à nouer une relation digne de ce nom, je ne me vois pas demander à Dan de quitter son poste auprès du bras droit du président des États-Unis, pour venir vivre avec moi dans un pays où l'homosexualité est encore sanctionnée.

Dan remet son téléphone dans sa poche et reprend la pelle pour terminer de déneiger l'allée qui mène de la maison jusqu'au trottoir. Le message est clair, s'il a eu des informations, il n'a aucune envie de les partager avec moi. En tout cas, pas pour le moment.

Frustré, je retourne dans le salon et m'installe sur le canapé. Plutôt que de stresser et de penser à ma pile d'emails qui doit grandir à vue d'œil, autant que je considère cette journée de travail perdue comme des vacances. Et puisque je n'ai pas accès à mes moyens de communication habituels, je vais profiter de cette super télé.

Armé de la télécommande, je pars à la recherche d'un film pour parfaire ma culture américaine.

En cette saison, il y a les incontournables de l'âge d'or du cinéma américain : La Vie est belle de 1946. Miracle sur la 34ème rue, là, j'ai le choix entre la version de 1947 et celle de 1994. Je continue à faire défiler les chaînes jusqu'à tomber sur mon film de Noël préféré : Die Hard. Le film est déjà bien avancé, mais je l'ai déjà vu tellement de fois que je peux le prendre en route n'importe où. Là, John McClane est déjà en train de galoper pieds nus sur des éclats de verre. Je grimace. Le verre brisé, c'est ma hantise.

J'adore ces films dans lesquels les héros sont invincibles, rattrapent en courant des trains ou des avions et gardent une nonchalance pleine de classe face aux super-vilains. D'ailleurs, maintenant que j'y repense, je dois reconnaître que Dan et moi, nous avons fait preuve d'un sang-froid admirable sous le feu de nos ennemis. Sans doute notre échappée aurait-elle été plus spectaculaire si Dan avait été armé, mais bon, on a fait avec les moyens du bord ! Puisque nous sommes toujours là et indemnes, on s'en est plutôt bien tirés.

L'autre super-héros du jour finit par rentrer. Je l'entends frapper ses pieds puis soupirer. Une minute se passe, pendant laquelle j'imagine qu'il retire ses chaussures pleines de neige. Son arrivée pieds nus dans la pièce me le confirme.

— Die hard? Super, j'adore, dit-il en venant s'asseoir à côté de moi sur le canapé.

Je l'observe du coin de l'œil alors qu'il cale un des coussins sous sa tête et pose ses pieds sur la table basse. Manifestement, déblayer l'allée enneigée lui a fait du bien. À moins que ce ne soit l'appel de Garrett.

Nous regardons tous les deux le film en silence un moment jusqu'à ce qu'il soit temps de crier en cœur avec Bruce Willis, « Yippe-ki-yay, motherfucker » puis éclatons de rire. Dan m'adresse une œillade étonnée.

— Eh oui, qu'est-ce que tu crois, le Terekstan a beau être le bout du monde, je connais mes classiques.

— Je vois ça, répond-il.

— Mais bon, je dois avouer que ce n'est pas facile à recaser dans la conversation.

Comme il est tout sourire, j'en profite pour l'interroger :
— De bonnes nouvelles ?

Il fronce les sourcils comme s'il ne comprenait pas ma question.

— Garrett, au téléphone…

— Ah oui, dit-il comme s'il avait déjà oublié cette conversation. Je suppose.

— Tu peux être un peu plus clair ?

Il soupire et se redresse.

Merde, j'ai cassé l'ambiance.

L'instant de détente est passé.

— On organise une rencontre entre le Président et ton ambassadeur, dit-il sur un ton détaché.

Si on était dans un film, je ferais semblant de prendre cette nouvelle avec nonchalance, mais je ne suis pas assez bon acteur pour ça. Alors, je coupe le son de la télé et me tourne face à lui sur le canapé. Une centaine de questions me viennent à l'esprit, en réalité il n'y en a qu'une qui importe.

— Et on va faire ça quand ?

Il secoue la tête.

— Je ne sais pas. Ils sont en train d'arranger ça… sans nous.

C'est à mon tour de froncer les sourcils.

— Mais comment ? Enfin, Eren est hyper surveillé et…

— Son portable secret, celui que tu as utilisé pour l'appeler hier.

Je pousse un soupir de soulagement. Dans l'excitation du moment, je n'ai pas pensé à faire ce qui me serait venu naturellement d'habitude, c'est-à-dire effacer ce numéro confidentiel de la liste des appels. Sans doute est-ce une bonne chose, puisque ça a permis un contact direct, sans passer par le standard de l'ambassade ou le téléphone officiel qui, j'en suis sûr, est sur écoute.

— D'accord, ils ont pu communiquer, mais comment vont-ils faire pour se voir ?

Dan secoue la tête et je sens la moutarde me monter au nez.

— Écoute, je ne suis pas plus heureux que toi d'être tenu à l'écart, mais nos supérieurs ont décidé qu'ils allaient se dispenser de nos services et que nous devions rester ici, jusqu'à ce qu'ils aient tout mis au point.

Je connais l'emploi du temps de l'ambassadeur. En règle générale, il n'a guère de temps pour lui et en cette période de fêtes c'est pire. Tout est millimétré. Je ne vois pas un seul moment pendant lequel caser une réunion secrète, et ce d'autant que ce n'est pas le Président qui va venir à l'ambassade, donc il faut aussi ajouter le temps du déplacement.

Bref, Eren n'a pas une minute à lui. J'imagine que ça doit être bien pire pour le président des États-Unis.

— Bon, admettons qu'ils n'aient pas besoin de nous et qu'ils puissent faire ça seuls, pourquoi veulent-ils nous garder enfermés dans cette maison ? Tu dois bien avoir du boulot qui t'attend, une famille à voir pour les fêtes, non ?

Dan se contente de hausser les épaules d'un air résigné.

— Et moi j'ai…

— Une grosse laryngite qui t'a fait perdre la voix, doublée d'une grippe carabinée avec une fièvre de cheval qui va te clouer au lit pendant au moins une semaine.

— C'est absurde, rétorqué-je, tout le monde sait que j'ai une santé de fer. Je ne suis jamais malade.

— Sauf que ce virus américain est particulièrement féroce et qu'il t'a mis hors d'état de nuire, voilà.

Dan garde le silence quelques secondes puis ajoute :

— Maintenant, tu sais, il y a toujours moyen de s'arranger.

— De quoi tu parles ?

— Si ma présence t'est insupportable, il suffit de le dire, déclare-t-il en se levant. Je ferai passer le message à Garrett et, sans aucun doute, il trouvera quelqu'un d'autre pour te tenir compagnie. Mes parents avaient prévu de venir du Colorado pour passer les fêtes avec moi, alors…

Je me redresse à mon tour pour lui faire face et ne lui laisse pas la possibilité de terminer sa phrase.

— Aucun souci. Tu sais quoi, si tu veux aller passer du temps avec ta famille, n'hésite pas. Va dire à Garrett que j'ai menacé de rentrer à pied à l'ambassade s'il ne te remplace pas par quelqu'un d'autre, et que ta présence m'est insupportable…

Sauf que sa présence m'est tout sauf insupportable et qu'une force magnétique nous attire l'un vers l'autre. Il faut que je trouve quelque chose de plus à dire… un moyen d'exprimer ma rage et ma frustration, sinon je vais exploser.

Puis soudain je perds le contrôle. Un pas de plus et j'agrippe le pull de Dan pour le coller contre moi.

— In-su-ppor-table…

Ce sont les dernières syllabes que j'arrive à articuler avant d'écraser sa bouche avec la mienne.

CHAPITRE 13

DAN

Le baiser d'Erik me prend par surprise, c'est peu de le dire. Une seconde, la tension est à son comble dans le salon, la suivante, elle explose littéralement. Sa bouche m'attaque avec une précision ciblée qui fait sauter toutes mes défenses d'un coup. Je ne réfléchis plus, la déception, la colère, la méfiance, tout devient abstrait. L'instinct prédomine et cette attirance contre laquelle je lutte depuis presque 24 heures, aussi. Je réponds à son baiser avec voracité, ma main plonge dans ses cheveux d'ébène pour approfondir notre étreinte. Moi qui clamais ne rien vouloir de lui, il y a une minute encore, je me transforme en maître dans l'art de me contredire. La fermeté sensuelle de sa bouche, son odeur, sa chaleur, tout m'enivre au point de faire sauter mes remparts.

Mon corps se plaque contre le sien. Nous n'avons passé qu'une seule nuit ensemble et pourtant, ils s'accordent instantanément à merveille, tels deux instruments conçus pour jouer de concert. Cependant, cette impression de familiarité ne m'empêche pas de ressentir la soif de tout redécouvrir, comme si c'était la première fois, comme si j'avais besoin de ne pas en rater une miette.

Entre deux respirations, Erik halète :

— Les caméras ?

Il est assez lucide pour songer à ce détail. Moi, tout juste pour me rappeler les paroles de Garrett. Je saisis sa main pour l'entraîner à l'étage. Il ne m'a jamais paru aussi difficile de grimper un escalier. S'il n'y avait pas cette foutue vidéo-surveillance, je le déshabillerais là, sur les marches, et m'occuperais de lui jusqu'à ce qu'il crie mon nom ou en oublie le sien. Mais le peu de bon sens qu'il me reste m'en empêche. Je pousse la porte la plus proche, celle de la chambre dans laquelle il a dormi la nuit dernière. Nous ne prenons pas la peine de la refermer, la frénésie de l'instant l'emporte. Une fois cette barrière franchie, nos vêtements se mettent à voler dans la pièce. Je suis heureux tout à coup qu'Erik trouve la température de la maison trop élevée, il y a moins de couches à enlever pour accéder à sa peau douce et chaude.

Debout, face à face, les yeux brillants et le cœur battant, nous sommes en parfaite symbiose. À l'inverse de notre prise de bec d'hier soir ou de tout à l'heure, juste avant qu'il ne m'embrasse. Comment peut-on passer d'un extrême à l'autre en si peu de temps ?

J'ai un moment de doute. J'aimerais me laisser emporter par la situation, mais il y a cette petite pointe de raison qui se manifeste.

Est-ce que tu n'es pas en train de faire une grosse connerie ?
Sans doute.

C'est à ce moment-là qu'Erik me sourit, et j'en oublie tout. Moi, l'homme qui a reçu un des meilleurs entraînements au monde pour résister face à l'ennemi, je me fais désarçonner par un sourire. Je suis mis à terre par des yeux noirs, une peau hâlée et des muscles saillants.

Nos corps se rapprochent et nos bouches se joignent. Sa langue se glisse entre mes lèvres et je me perds dans un brouillard de sensations. Ses paumes explorent mon dos, mes fesses. Nos sexes tendus entre nous ne font subsister aucune incertitude sur nos états respectifs. Je m'apprête à les caresser, quand Erik me stoppe.

— Attends, murmure-t-il à mon oreille. Laisse-moi m'occuper de toi en premier.

Il prend ma main et m'emmène vers le lit. Il me fait signe de m'allonger sur le dos. Je n'ai pas pour habitude d'être dominé, mais j'ai envie de découvrir ce qu'il a comme projets. Alors je cède, grisé par son assurance.

Il se place entre mes jambes et commence à embrasser mon cou et mes épaules. L'effleurement de son torse sur ma peau me fait perdre la tête. Je ferme les yeux et me concentre sur la sensation exquise de sa bouche qui m'explore. Il descend en direction de mes pectoraux, parcourant chaque centimètre de ma peau brûlante. Mon ventre vient juste après, chaque baiser semble plus enflammé, et je me sens au bord de l'explosion. Pourtant, il est loin d'avoir terminé. Quand sa langue glisse entre mes jambes, je gémis de plaisir.

J'ouvre les yeux. Nos regards se heurtent et restent soudés l'un à l'autre, alors que sa langue remonte le long de mon sexe. Je n'ai jamais rien vu d'aussi érotique. J'ai eu mon lot de fellations, mais ça semble plus puissant, plus suave… plus Erik. Je prends conscience à cet instant que ce n'est peut-être pas l'acte en lui-même qui m'excite le plus, mais celui qui l'opère.

Sa bouche taquine mon gland, l'aspire délicatement, et mes yeux roulent dans leurs orbites. Quand ses lèvres se referment et qu'il entame un lent va-et-vient sur ma longueur, je perds totalement le contrôle. Mes mains s'agrippent à sa chevelure. Est-ce que je le presse d'aller plus vite ? Est-ce que je le retiens pour ne pas qu'il m'achève en si peu de temps que j'en serais embarrassé ? Je ne sais pas bien. Il n'y a plus une pensée qui fait sens dans mon cerveau.

— Continue, m'entends-je prononcer dans un râle.

Il s'exécute avec une ferveur qui me rend fou. Quelque part au milieu de mon total abandon, je me dis que je devrais peut-être me préoccuper un peu de lui. Je tente de me pencher pour accéder plus facilement à lui, mais d'une main ferme, il me plaque sur le matelas.

— Laisse-moi m'occuper de toi, réaffirme-t-il.

C'est un ordre que je suis prêt à accepter, surtout que je ne suis plus très loin de l'orgasme. Je le sens monter en moi à la vitesse d'un cheval au galop. Erik l'attise, le fait croître jusqu'à ce qu'il ne soit plus possible de revenir en arrière. C'est foudroyant, intense. Mon sexe se déverse dans sa bouche. Sa langue tournoie avec application et me lape jusqu'à la dernière goutte. Je me sens vide, satisfait et frustré à la fois que ce soit déjà fini.

Quand Erik me relâche, je me redresse sur mes coudes et il me sourit. Je voudrais dire quelque chose, mais j'en suis incapable. Je crois qu'il le comprend et à la place, il s'approche et m'embrasse. Ses lèvres n'ont plus seulement le goût de lui et j'en tire une certaine fierté. Comme s'il m'appartenait un peu, au moins l'espace d'un moment.

Mon orgasme n'a duré que quelques secondes et j'ai déjà envie d'explorer le champ des possibles avec lui. Je l'attire vers moi, le fais basculer sur le lit pour que nous soyons face à face sur nos flancs. Je caresse son visage, ses épaules. L'empressement de tout à l'heure s'est effacé pour quelque chose de plus tendre, tout en restant sensuel.

— Tu crois qu'il y a des préservatifs quelque part dans cette baraque ? demande-t-il.

— Dans la salle de bains.

Je m'apprête à me relever pour aller les chercher, mais encore une fois, il me stoppe net dans mon élan.

— J'y vais. J'ai dit que c'était moi qui m'occupais de toi.

— Il me semble que tu viens de t'occuper de moi de façon très convaincante. C'est peut-être le moment d'inverser les rôles.

— Tu n'es pas habitué à te laisser diriger, n'est-ce pas ? s'amuse-t-il.

Je voudrais le contredire, mais avoue :

— Ce n'est pas vraiment dans ma nature, effectivement.

— Eh bien, accepte de sortir de ta zone de confort, Dan, susurre-t-il à mon oreille, avant de se lever si vite que je n'ai pas d'autre choix que le laisser gagner.

Après tout, je suis encore un peu étourdi par mon orgasme, et admirer les fesses musclées d'Erik marchant vers la salle de bains n'est pas pour me déplaire. Je m'imagine déjà m'immiscer entre elles…

Ma douce euphorie éclate lorsqu'un crissement de pneus retentit dans la rue. Erik tourne immédiatement la tête vers la fenêtre, tandis que je me redresse sur le lit pour essayer de mieux voir. Le quartier est tellement calme qu'il est rare d'entendre ne serait-ce qu'une voiture passer. Et après la neige qui est tombée, tout est si paisible.

Je n'ai pas le temps de saisir ce qu'il se passe. Un bruit éclate ou plutôt une multitude de bruits percutants et assourdissants. Un son que mon cerveau décrypte sans aucun problème, et pour cause, parce qu'il m'est familier : celui de coups de feu, portés par une arme semi-automatique.

Si cette constatation se fait de façon quasi instinctive, il y a cependant un paramètre que je mets une seconde de trop à comprendre. Ce ne sont pas uniquement des coups de feu dans la rue, ce sont des tirs ciblés sur la maison.

Plusieurs choses se produisent alors, la fenêtre vole en éclats et Erik crie :

— Dan !

La seconde suivante, j'ai le nez collé à la moquette de la chambre. Ma respiration se coupe à cause de l'impact et du fait que quelque chose m'écrase. Je comprends rapidement qu'il s'agit d'Erik. Son corps me presse contre le sol, j'essaye de me dégager, mais il est trop lourd. Les coups de feu retentissent encore et encore. Ils sont accompagnés de bruits de verre cassé et de craquements. Je me débats sous Erik qui ordonne :

— Ne bouge pas, putain !

Je me fige. Il a raison, sauf qu'il y a un paramètre qui ne me convient pas. Pourquoi je suis dessous à l'abri pendant que c'est lui qui me protège ?

Les secondes s'étirent et semblent durer une éternité. Je ne sais ni combien ils sont ni ce qu'ils ont comme matos, mais ce sont clairement des armes de guerre et l'œuvre de plusieurs personnes. Je comprends qu'ils sont en train de tirer dans toutes les fenêtres de la maison, tel un gang en plein règlement de comptes. Sauf que nous ne sommes pas dans les quartiers chauds de Washington, et Erik comme moi sommes des cibles plus particulières.

L'emplacement de notre planque a fuité.

Pour rajouter au chaos, une alarme se déclenche dans le voisinage, des chiens aboient. Puis, une sirène de police. Est-ce ça qui fait stopper nos assaillants ? Ou le manque de munitions ? Ou pensent-ils avoir réussi leur mission ? Mission qui est clairement de tuer, vu l'acharnement dont ils font preuve. Les tirs se taisent, le véhicule démarre en trombe. J'essaye de me dégager à nouveau, si j'arrive à apercevoir au moins le type de voiture… mais Erik m'en empêche. Je me retourne partiellement sous lui et crie :

— Tu n'as rien ?

Je tâte son dos dans un geste hâtif, alors que seul le silence me répond.

— Erik !

Quand mes doigts rentrent en contact avec une substance mouillée et visqueuse, je n'ai pas besoin de les voir pour comprendre de quoi il s'agit : du sang. Et il y en a beaucoup, alors qu'Erik ne réagit toujours pas.

CHAPITRE 14

ERIK

Merde, merde, merde ! Mais qu'est ce qui m'a pris ? C'est simple, je n'ai pas réfléchi. J'étais prêt pour une balle, voire même à des éclats de bois… mais je n'ai pas pensé aux éclats de verre. À la douleur aiguë qui me transperce, je suppose que ceux-ci ont lacéré mon dos. Dans l'absolu, ce n'est peut-être pas très grave. Un sale moment à passer avec une bonne pince à épiler et quelques litres d'alcool. Mais peut-être que j'aurais préféré une balle. Je ne suis pas McClane[1].

— Erik !

En entendant la panique dans la voix de Dan, je me force à répondre :

— Ça va. Enfin, ça va aller. Laisse-moi une minute, d'accord ?

— Mais tu saignes !

— Tu crois ?

Bon, le sarcasme ne me mènera à rien et même si rester là allongé sur Dan n'est pas, dans l'absolu, foncièrement désagréable, il va falloir que je me redresse, et ce d'autant que j'entends quelqu'un enfoncer la porte de la maison. Les flics, j'espère.

Doucement, je penche la tête d'un côté puis de l'autre pour voir si je peux poser une main à plat sur la moquette pour avoir un appui… du côté de la fenêtre, hors de question. Du côté lit, c'est bon. Il semble que nos corps aient fait écran. Je bascule sur le côté en prenant garde de ne rien toucher avec mon dos.

— Vas-y, lève-toi, dis-je à Dan.

Il bascule à son tour sur le flanc puis se redresse précautionneusement, me laissant la place pour m'allonger sur la moquette.

— Merde, ton dos ! s'exclame-t-il une fois à la verticale, je vais…

Dan n'a pas la possibilité de terminer sa phrase, car la pièce est envahie par plusieurs personnes qui s'identifient comme des membres de la police locale. Sous le lit je compte six pieds, j'entends Dan crier qu'il n'a pas d'arme… j'esquisse un sourire en me demandant où il pourrait l'avoir cachée et puis soudain, c'est le trou noir.

Quand je rouvre les yeux, c'est sur un linoléum blanc et gris. Je suis à plat ventre, le visage dans ce qui ressemble fort à un trou de table de massage. Une table d'opération ? Non, la lumière n'est pas assez forte. Un lit d'hôpital ? Sans doute. La chambre est surchauffée.

La bonne nouvelle, c'est que je n'ai mal nulle part. Curieux, je tente de redresser la tête. Je dois m'y prendre à plusieurs reprises avant d'y arriver, mais mon effort est récompensé par une vision inattendue. Dan assis dans un fauteuil, endormi. Il porte des vêtements propres. Un survêtement avec le logo du FBI. Derrière lui, une fenêtre s'ouvre sur des branches d'arbres. Le soleil n'est pas très haut dans le ciel, la nuit tombe. Les journées ont beau être très courtes en hiver, je suis contrarié qu'on m'ait volé quelques heures de celle-ci. Elle avait si bien commencé…

Je replace ma tête dans la cavité faciale lorsque la voix d'une femme que je n'ai pas entendu entrer me fait sursauter :

— Ah, vous êtes réveillé. Comment vous sentez-vous ?

— Étonnamment bien.

— Parfait, alors nous allons nous relever, reprend la voix.

Peu de choses m'exaspèrent plus que le ton condescendant des soignants, surtout lorsqu'ils utilisent un « nous » royal alors qu'en réalité, c'est le patient seul qui va faire l'effort demandé.

— Je vais l'aider, dit Dan que la conversation a manifestement réveillé.

— Vous allez voir, tout va bien se passer, il suffit juste de le retenir pendant que le lit bascule.

Et effectivement, je sens le lit pivoter sous moi. Instinctivement, je tente de m'accrocher au sommier et mes mains tombent sur deux poignées que je peux agripper jusqu'à atteindre la verticale. Le bas du lit descend un peu et puis la voix féminine annonce :

— Voilà, il n'y a plus qu'à faire un pas en arrière et vous serez debout. Votre ami et moi sommes là pour vous retenir, mais vous ne devriez pas avoir de vertige. L'anesthésie a été très légère et vous n'avez pas perdu tant de sang que ça…

Dan ponctue cette observation par un son dubitatif et la jeune femme, que je peux maintenant identifier comme une infirmière grâce au badge qui orne son uniforme, hausse les épaules.

— Venez passer une semaine aux urgences et vous verrez, dit-elle.

Je pose précautionneusement un pied sur le sol, puis le second, et lâche le montant du lit. Tout va bien, enfin si ce n'est ma vessie qui se rappelle à moi.

— Je peux aller aux toilettes ? demandé-je en reculant encore d'un pas.

— Aucun souci, mais ne fermez pas la porte.

Dan hausse un sourcil dubitatif.

— T'inquiète, si je ne me sens pas bien, je t'appelle, je n'ai rien d'un héros.

Je laisse la porte de la salle d'eau entrouverte et elle a beau parler bas, j'entends le commentaire de l'infirmière :

— Il paraît qu'il s'est fait ça en se jetant sur vous pour vous protéger ? … Ben si c'est pas un héros, ça, c'est que j'ai rien compris alors.

Dan grommèle quelque chose que je n'arrive pas à saisir.

— C'est bien ce que je pensais. Bon, je vais préparer les papiers pour la sortie et puis vous pourrez le ramener à la maison. Mais il va falloir faire attention en voiture pour ne pas qu'il s'adosse au siège.

Moi, je ne demande que ça, de rentrer, mais il y a juste un souci : je ne me vois pas sortir dans la rue avec la chemise de nuit d'hôpital qui ferme dans le dos.

Comme s'il lisait dans mes pensées, Dan passe un sac dans l'entrebâillement de la porte.

— Le pantalon est à ta taille, mais j'ai pris un haut super grand pour que tu sois à l'aise, me dit-il.

J'ouvre le sac. Encore une fois, personne n'a pensé aux sous-vêtements. Ce n'est pas que je fasse une fixette, mais tout de même ! Je déplie un nouveau survêtement encore dans son emballage. Même couleur, même logo… ça me fera un souvenir à rapporter à la maison.

Quelques minutes plus tard, nous sommes prêts à partir. Après avoir expliqué qu'à mon arrivée mon dos ressemblait à un coussinet de couturière et qu'il avait fallu plus d'une heure au chirurgien pour tout dégager et vérifier qu'il n'avait rien oublié, l'infirmière nous fournit le nécessaire pour refaire mes pansements pendant quelques jours. Une limousine nous attend. Une sorte de tabouret faisant face à la banquette arrière me permet de voyager confortablement.

— Ça va ? s'inquiète Dan.

Son ton et son regard se sont adoucis depuis ce matin. Comme si le fait d'avoir frôlé la mort ensemble nous avait rapprochés un peu… ça ou nos activités matinales si brutalement interrompues.

— Plutôt bien... On va où ?

— Chez John Smith, répond-il en souriant.

Je fronce les sourcils parce que ce nom a beau être le plus commun aux États-Unis, je ne connais aucun John Smith. En fait, je ne connais qu'un seul Smith, c'est le boss de Dan, Garrett.

— Tu m'expliques ?

— Le père de Garrett, l'ancien sénateur John Smith…

Et la lumière se fait dans mon cerveau. Bien sûr, j'aurais dû y penser ! Le père de Garrett a fait la une des journaux il n'y a pas si longtemps. Il était pressenti pour se présenter à l'élection présidentielle et il avait même de fortes chances d'être élu avec son passé de héros de guerre et une carrière politique sans aucune tâche. Au dernier moment, il a renoncé, je ne sais plus trop pourquoi. Sans doute les restes de l'anesthésie qui m'empêchent de réfléchir.

— … nous allons nous installer chez lui pour quelque temps.

— Mais…

Je suis tellement surpris que je ne sais trop quelle question poser.

— Ce n'est pas mon idée, c'est celle de ton boss et du mien, se défend-il. Ils ont décidé que tu devais faire ta convalescence là-bas. Je ne sais pas quelle raison officielle ils ont trouvée pour expliquer ce choix, mais voilà, ils vont tirer avantage de la situation.

— Comment ça ?

— Eh bien, compte tenu des relations d'amitié qui existent entre John Smith et le Président, s'il vient lui rendre visite, cela n'aura rien d'exceptionnel.

Je fronce les sourcils, ne comprenant pas où il veut en venir. *Fichue anesthésie !*

— Et comme toi, tu seras en convalescence chez les Smith, quoi de plus naturel que ton ami d'enfance et supérieur se rende sur place pour te rendre visite…

La lumière se fait enfin, ce serait une l'occasion pour Eren et le Président de se rencontrer en toute discrétion. Là, comme ça, l'idée me semble bonne, mais je me méfie de moi-même. Je vais attendre d'avoir évacué tous les médicaments qui sont encore dans mon système, avant de me forger une opinion sur la question.

Je hoche la tête et demeure silencieux alors qu'une autre question me taraude. Je finis par la poser :

— Et toi, tu…

— Je serai aussi chez eux, soupire-t-il, ce que je ne sais pas vraiment comment interpréter.

Est-ce qu'il s'en aperçoit ? Peut-être que j'ai du mal à garder un visage impassible.

— Ce n'est pas… Je n'aime pas qu'on m'impose quelque chose. Et là, clairement, Garrett ne m'a pas laissé le choix.

OK, il n'a pas eu son mot à dire. Mais il n'avait déjà pas

l'air ravi d'être coincé dans la maison sécurisée avec moi. Est-ce la même chose à l'idée d'être chez les Smith ?

Clairement, je ne m'attendais pas à ce qu'il tombe subitement amoureux de moi en lui taillant une pipe, mais bordel ! Je n'ai pas hésité à le protéger quand j'ai cru que sa vie était en danger ! Ça devrait compter un peu, n'est-ce pas ?

— Tu n'as pas demandé à te faire remplacer ? C'était le plan initial, non ?

Ma question est sortie avec plus d'amertume que je ne l'aurais voulu. Mais je ne regrette pas.

Dan ouvre la bouche. Son visage ne me donne aucune indication sur les mots qu'il s'apprête à prononcer. Mais j'ai peur qu'ils ne me plaisent pas.

CHAPITRE 15

DAN

J'ai le sentiment qu'Erik est déçu. Non, plus que ça : en colère. Et je crois bien que c'est à cause de moi.

Bien sûr que c'est à cause de moi.

Encore une fois, je n'ai pas su trouver les mots justes. Je lui dis qu'on m'a imposé la situation. Je ne lui montre que le négatif, pas le fait que l'idée de passer encore quelques jours avec lui est loin de me déplaire. Et pour cause, ça me terrifie autant que ça m'enthousiasme.

Pourquoi suis-je autant attiré par ce mec que je connais depuis quelques jours à peine ? Je dois le reconnaître, j'ai souvent eu tendance à m'emballer rapidement… à mes dépens. Et c'est pour ça que j'ai peur. Mes mauvaises expériences par le passé ont marqué au fer rouge mon esprit. Au lieu de me concentrer sur ce qui pourrait bien se passer de positif, je songe immédiatement au négatif.

Mais depuis quelques heures, je ne sais plus trop quoi penser. Erik m'a sauvé la vie, ou du moins il m'a empêché d'être blessé. Il n'a pas hésité à me plaquer au sol pour me protéger. Il s'est retrouvé avec des centaines de morceaux de verre incrustés dans le dos, *pour moi*.

Il y a bien cette petite voix cynique qui me rappelle qu'il ferait tout pour son ami Eren, pour son pays. Mais il n'a pas hésité une seconde et à présent, il a l'air vexé que je sous-entende que passer les prochains jours avec lui me donne envie de m'enfoncer des aiguilles dans les yeux.

Je sais que lorsque nous étions à la safe house, c'est à peu près ce que je lui ai dit. Je ne le pensais déjà pas vraiment. Mais maintenant… encore moins.

Il y a cette boule d'excitation qui se forme au fond de mon ventre à l'idée de passer plus de temps avec lui. J'ai envie de mieux le connaître, j'espère que ce que je vais découvrir de lui me plaira. J'ai beaucoup d'espoir, même si je me rappelle sans cesse que je ne devrais pas. Mon cerveau bouillonne, bombardé entre enthousiasme et raison. Combiné aux effets de l'adrénaline des dernières heures, c'est un cocktail détonnant.

Quand j'ai constaté qu'il était en sang, la peur s'est frayé un chemin en moi comme jamais. J'ai eu mon lot de camarades blessés, quand j'étais Marines. J'ai été moi-même plusieurs fois celui qui a passé du temps avec les médecins, mais jamais je n'ai connu une telle panique. Celle qu'on m'enlève ce que j'avais à peine touché du doigt. Et le fait que quelque chose puisse me mettre dans un tel état est encore plus effrayant.

Erik attend une réponse de ma part, son visage est crispé et ses yeux me transpercent. Je saisis sa main sur l'accoudoir entre nous, entrelace mes doigts aux siens, et son corps se détend un peu. Cela me donne le courage de poursuivre :

— Garrett m'a proposé un remplacement, j'ai refusé.

Un soupçon de surprise s'affiche fugacement dans ses yeux.

— J'ai demandé à rester auprès de toi.

— Oh…

Je comprends qu'il attend de moi que je lui explique. Alors, j'inspire et me lance :

— Tu m'as sauvé la vie…

— Ce n'étaient que quelques bouts de verre, fait-il remarquer.

— On sait très bien toi et moi que ce n'était pas uniquement ça. On a retrouvé une dizaine d'impacts de balles sur le mur de l'autre côté de la chambre et je ne parle que du décompte que j'ai fait avant de sauter dans une ambulance avec toi. Les équipes techniques en ont certainement trouvé d'autres. Si tu ne m'avais pas plaqué au sol, il y en aurait quelques-unes logées dans mon corps à cette heure-ci.

— Eh bien, si tu insistes pour me faire passer pour un héros…

Il sourit légèrement.

— Je n'oublierai jamais, Erik.

Nos regards se soutiennent, s'affrontent. J'ai envie de croire qu'ils s'échangent ce que nous ne disons pas à haute voix, mais je comprends qu'Erik a besoin d'entendre ces mots. Je le lui dois.

— Ce que tu as fait pour moi… tu n'as pas hésité. J'ai compris que…

— Tu devais peut-être m'accorder le bénéfice du doute ? Que je t'avais peut-être dit la vérité et que je suis tout simplement un homme attiré par toi et pas juste un dangereux manipulateur qui t'a traîné jusqu'à son lit pour te soutirer des informations ?

— Tu sais que tu as la sale manie de toujours terminer mes phrases ?

— J'ai cru comprendre que si je souhaite des infos de ta part, je dois les extraire aux forceps, alors j'effectue des suppositions, qui s'avèrent souvent justes, et ça nous fait gagner du temps à tous les deux.

Je ne peux m'empêcher de sourire. Il n'a pas tort, même si je ne vais pas l'avouer à haute voix.

Il se penche vers moi, sa main vient caresser ma joue, son pouce trace la ligne de ma lèvre inférieure.

— Est-ce que ça veut dire que si on me demande mes préférences en termes de logement chez John Smith, je peux exiger à partager ta chambre ?

Mon cœur cogne fort dans ma poitrine. Son toucher est innocent et pourtant, il me fait frissonner.

— Oui.

— Et est-ce que je dois m'attendre à ce qu'on dorme dans des lits superposés comme des compagnons d'armes, ou bien je peux espérer me battre avec toi pour la couette ?

Je laisse échapper un rire.

— Je ne connais pas toutes les chambres chez les Smith, mais je les vois mal en avoir aménagé une en mode baraquement de bidasses. Et pour répondre totalement à ta question, tu n'en sais peut-être pas assez sur la biographie de John Smith, mais il a toujours soutenu la cause LGBTQ+. Le frère de Garrett est marié à un homme et leurs parents sont très ouverts sur la question.

Je sens que cette information le soulage. J'imagine que pour lui qui vient d'un pays où les couples homosexuels peuvent être condamnés, ce n'est pas un détail à prendre à la légère.

— Donc ça veut dire que je pourrai faire ça devant eux sans souci ?

Ses lèvres se posent sur les miennes. Ce n'est pas un baiser torride, comme nous avons pu en partager à la safe house avant que tout ne dérape, ce n'est pas non plus un baiser timide. Mais c'est un baiser suffisamment sensuel pour que tout mon corps ne pense plus qu'à lui, cet homme aux yeux noirs qui est en passe de me rendre dingue.

La voiture ralentit et s'arrête. Erik coupe court à notre baiser. J'ai du mal à détacher mon regard du sien, surtout que j'y lis la même faim que celle qui me dévore.

— Nous sommes arrivés, déclaré-je en reconnaissant les lignes de la maison des Smith.

Nous quittons l'habitacle et Erik prend une seconde pour observer ce qui sera notre résidence pour les prochains jours. La maison des Smith est une de ces belles demeures des quartiers chics de Washington. Pas trop ostentatoire, tout en confirmant qu'une famille aisée et puissante vit ici. Nous grimpons les quelques marches du perron, le secrétaire particulier de John nous ouvre en personne.

Je suis venu suffisamment de fois ici pour qu'il sache que je ne suis pas seulement un collègue de Garrett, mais un ami de la famille. Mais il n'oublie pas le protocole pour autant. Il effectue un salut militaire auquel je réponds, plus par automatisme qu'autre chose.

— Le sénateur vous attend dans son bureau, Capitaine.

— Merci, Sergent.

Ce dernier s'apprête à nous précéder dans le couloir, mais je lui fais signe que ce n'est pas nécessaire. Il hésite une seconde, puis hoche la tête.

Erik s'approche de moi et murmure :

— Est-ce qu'il faut que je t'appelle Capitaine moi aussi, maintenant qu'on est ici ?

L'amusement dans son regard me confirme qu'il songe à la même chose que moi.

— Je te laisse décider.

Je toque à la porte du bureau de John Smith et dans la seconde j'entends qu'il m'ordonne d'entrer.

Quand il m'aperçoit, il se lève de son bureau et vient vers

moi pour me donner une accolade. Si je suis très ami avec Garrett, j'aime également beaucoup sa famille. Ils ont une façon de vous faire toujours sentir le bienvenu qui est très agréable. Erik quant à lui serre la main de Garrett qui lui demande comment va sa blessure.

Nous échangeons quelques banalités et John Smith nous rappelle que nous sommes les bienvenus dans sa maison.

— J'ai hâte de rencontrer votre ami Eren, dit-il à Erik.

— Merci, Sénateur, de rendre cette rencontre possible.

— De rien. Je sais que le Président aura à cœur les intérêts du peuple Terek. Si je peux faciliter quoi que ce soit pour que les discussions entre nos deux nations soient plus simples, c'est avec plaisir.

Je sens que Garrett trépigne d'impatience à côté de son père. Je lui demande :

— Du nouveau sur l'attaque de la safe house ?

Il lance un regard en direction de John qui s'en amuse. Il lève les mains devant lui comme s'il était en pleine reddition.

— J'ai compris, informations classées. Je m'en vais ! Même si je te ferais remarquer qu'il s'agit de mon bureau.

Il quitte la pièce et je hausse un sourcil à l'attention de Garrett qui soupire.

— On a pu identifier les tireurs. Et c'est encore pire que ce qu'on pensait…

CHAPITRE 16

ERIK

— *P*ire que ce qu'on pensait ? Ça veut dire quoi ?

Garrett jette un regard interrogateur vers Dan.

— Dans la mesure où il était en première ligne, je pense qu'il a le droit de savoir, déclare ce dernier.

Garrett hausse les épaules comme s'il était résigné.

— Bon, d'accord, dit-il en prenant place dans un des fauteuils du bureau et en nous invitant d'un geste à faire de même.

— Si on commençait par ce que vous pensiez ? demandé-je.

Dan s'éclaircit la gorge.

— D'abord, on s'est demandé si l'embuscade de l'hôpital n'était pas un coup monté, commence-t-il.

Je hoche la tête et Garrett me dévisage d'un air surpris.

— Nous en avons déjà discuté avec Dan. Et si ça m'a mis en colère au départ, je comprends votre inquiétude. Dans une situation aussi désespérée que la nôtre, nous pourrions être prêts à tout.

— Mais après un nouvel examen du dossier que nous

avons sur Eren Burshta, nous avons décidé que même si ton ami et toi n'êtes pas des enfants de chœur, loin s'en faut, vous êtes encore assez idéalistes. Alors, sacrifier un innocent de façon aussi absurde, presque sans raison, serait contraire à vos valeurs, ajoute Garret.

Dan se relève et me tourne le dos pour aller regarder par la fenêtre, avant d'ajouter :

— Enfin, c'est ce que Garrett avait décidé parce que moi, comme tu le sais, j'étais toujours sur la réserve. Des hommes dans des situations désespérées sont capables de tout.

— Mais tu as changé d'avis ?

J'aimerais croire que c'est autre chose que la froide logique qui a conduit à ce revirement, mais je ne me fais pas trop d'illusions. Après tout, Dan est un professionnel du renseignement. Un homme qui raisonne plus qu'il ne ressent. Et si j'ai cru qu'il avait compris, vu la façon dont s'est terminée notre discussion, je me trompe peut-être.

Garrett me répond :

— Nos services ont mis la main sur les deux hommes qui vous ont attaqués à l'hôpital. C'étaient des amateurs que nous n'avons eu aucune difficulté à interpeller. Ils ont craqué tout de suite et ont identifié Eren comme leur commanditaire.

Dan se retourne et me fixe comme pour étudier ma réaction. Garrett aussi m'observe. Je reste sans voix quelques secondes avant de leur demander :

— Vous les avez crus ?

Garrett sourit puis se penche en avant.

— Tout était bien trop parfait, dit-il.

— Et comme ton boss n'est pas un crétin, s'il avait véritablement commandité l'attaque, il aurait fait le nécessaire pour qu'il n'y ait rien qui puisse le relier à ces deux exécutants de seconde zone, ajoute Dan en revenant s'asseoir à mes côtés.

— À moins que…

Garrett laisse sa phrase en suspens.

Je ferme les yeux et respire profondément pour conserver mon calme, alors que j'envisage l'hypothèse considérée par Garrett. Eren aurait volontairement laissé des traces de sa relation avec ces deux hommes engagés pour qu'on exclue sa participation…

— Ils avaient été engagés pour quoi exactement ? demandé-je.

— Pour descendre les hommes qui se présenteraient à l'hôpital, me répond Dan.

Je retourne la situation dans tous les sens dans ma tête, sans plus savoir par quel bout la prendre, pour leur faire comprendre que tout ça n'a aucun sens. Même en faisant abstraction de toute relation d'amitié, quel aurait été l'intérêt pour Eren de sacrifier des hommes qu'il savait parfaitement loyaux à sa cause ?

— Mais ce qui a définitivement innocenté ton boss, c'est la seconde attaque, dit Dan.

Je fronce les sourcils en tentant de comprendre, mais rien ne me vient.

— Cette fois-ci, l'équipe envoyée à tes trousses, eh bien… c'était du sérieux.

— Avec les caméras de vidéosurveillance qui couvrent l'essentiel de la ville, nous avons pu constater que là, c'étaient bien des pros qui étaient intervenus. La voiture avait été volée quelques heures plus tôt, les hommes étaient masqués… Leur seule erreur est d'avoir utilisé les mêmes armes que celles qui ont servi dans un règlement de comptes sanglant, il y a quinze jours, explique Garrett.

Tout ça ne m'éclaire pas plus. Je comprends simplement

que deux équipes différentes ont été engagées. La première composée de deux amateurs, la seconde de plusieurs pros, mais avec ça, je ne suis pas vraiment avancé.

— C'est le règlement de comptes qui a exonéré ton boss de nos soupçons, ajoute Dan.

Là, je suis encore plus perdu.

— La fusillade dont on parle opposait deux factions rivales de la Bratva, ajoute Garrett.

Et là, la lumière se fait enfin dans mon esprit. Le Président actuel de mon pays a été porté au pouvoir par la mafia russe. C'est elle qui a pris le contrôle de tous nos établissements financiers. Et s'il y a une chose que les membres de toutes les factions du crime organisé ont bien compris, c'est que si Eren prend la place du Président, il fera un grand ménage au sein des banques du Terekstan. Pas besoin de plus de motivation pour supprimer Eren ou au moins, les membres de son équipe. Ça explique aussi l'assassinat du chauffeur de l'ambassade. C'est le genre de geste gratuit qui leur ressemble.

Je suis toujours navré qu'il ait été ainsi sacrifié, mais je me dis qu'il n'est pas mort pour rien, si cet acte de sauvagerie était ce qu'il fallait pour convaincre Garrett de présenter notre demande de rencontre au président des États-Unis. Et je devine maintenant que nous aider à faire élire Eren présente aujourd'hui un second avantage non négligeable. D'abord, si Eren gagne, l'Amérique aura acquis un allié solide dans notre partie du monde. Ensuite la confiscation du trésor de guerre de la mafia russe déposé dans nos banques porterait un coup dur à une organisation qui doit commencer à gangréner le pays.

— Bien, je propose que nous attendions demain pour mettre au point les détails de la rencontre, mais autant que vous sachiez tout de suite que ce sera bref car l'emploi du temps du Président est minuté, dit Garrett. Il s'agit juste de faire connaissance.

— Oui, je comprends. Une prise de contact pour voir s'ils peuvent parvenir à un accord de principe.

— C'est ça. Et si le courant passe entre les deux hommes, je suppose que c'est Garrett qui sera chargé de mettre au point un plan d'action, ajoute Dan.

Tout ça me semble absolument parfait. Je ne me fais pas d'illusion, je sais que Garrett Smith n'est pas devenu un des conseillers du Président en se laissant marcher sur les pieds. Les négociations vont être ardues. À n'en pas douter, il tentera de tirer avantage de la situation pour négocier des conditions préférentielles pour l'exportation de certains métaux rares que l'on trouve dans mon pays, mais c'est le jeu. Et ce qui me réjouit, presque autant que l'espoir d'un avenir meilleur pour mon pays, c'est l'idée que pendant toutes ces négociations, je vais sans doute devoir travailler avec Dan. Son boss est assez fin stratège pour avoir vu à quel point je craquais pour son collaborateur préféré.

— Bien, sur ce, je dois vous abandonner, déclare Garrett en se relevant. J'ai une fiancée impatiente avec une liste interminable de « petites choses à faire » avant le mariage et vous, je sais que ma mère vous attend pour passer à table.

Un coup d'œil à ma montre me confirme qu'il est 18 heures. À peine l'heure de l'apéro au Terekstan, mais déjà l'heure du repas du soir dans ce pays.

Effectivement, le sénateur et son épouse nous attendent dans leur superbe salle à manger qui doit pouvoir accueillir une vingtaine de convives sans qu'ils soient trop serrés. Nous nous installons et malgré le fait que je sois un peu impressionné par l'endroit, les Smith me mettent rapidement à l'aise. La soupe à la citrouille nous aide à briser la glace.

— Il faut vraiment que vous me donniez la recette ! m'exclamé-je en me resservant pour la troisième fois.

Madame Smith me sourit et lance en direction de Dan :

— Beau garçon, avec des excellentes manières et qui sait cuisiner ? C'est une perle rare, celui-ci !

Du coin de l'œil, je le vois rougir légèrement. Il fait mine de se concentrer sur la soupe et je suppose qu'il n'a pas envie de discuter des détails de notre relation avec les Smith, mais son trouble me plaît.

La maison des Smith, en plus d'être belle, a cette touche chaleureuse qu'on ne trouve que dans les familles aimantes. Une fois le dîner terminé, Mme Smith — Barbara, comme elle m'a demandé de l'appeler — m'entraîne vers la cheminée pour me montrer leurs photos de famille. Il y en a de toutes sortes qui représentent Garrett et son frère John Junior à différentes époques de leurs vies. Parmi elles on trouve également ment Jenna, le mari de John et leurs adorables jumelles, et même Dan sur un cliché datant apparemment de son service actif avec Garrett. Un point commun à ces images ? Le sourire des gens qui y figurent, un sourire authentique, une représentation parfaite du bonheur.

L'espace d'un instant, je tente d'imaginer ce qu'aurait pu être ma vie si j'étais né ici, dans ce pays.

Est-ce que j'aurais pu épouser mon amour de lycée comme l'a fait le frère de Garrett ?

Aurions-nous adopté deux enfants ?

Notre photo de mariage trônerait-elle sur le manteau de la cheminée au milieu des autres photos de famille ?

Dan, qui a suivi mon regard sur les cadres en argent, se penche vers moi et, comme s'il pouvait lire dans mes pensées, me murmure :

— Un jour, bientôt, dans ton pays aussi.

CHAPITRE 17

DAN

Nous avons à peine franchi la porte de la chambre qui nous a été attribuée qu'Erik se jette sur le lit.

— Mon Dieu ! Il est mille fois plus confortable que celui de l'hôpital ou celui de la maison sécurisée !

Je le regarde depuis le seuil en souriant devant son enthousiasme. Il se tourne sur le dos et me lance une œillade coquine.

— Oh, pardon ! Tu voulais peut-être me plaquer sauvagement contre le mur ? Et je viens de tout faire foirer en me comportant comme un gamin qui va dormir à l'hôtel dans un grand lit pour la première fois.

— Je ne m'apprêtais pas à te plaquer contre le mur.

— Contre le matelas, alors ? Ou dans la salle de bains ? Je ne suis pas sûr pour la commode, par contre, elle ne m'a pas l'air bien solide.

— Erik… protesté-je.

— Quoi ? Je croyais qu'on avait le droit de faire ce qu'on voulait et…

— Tu sors tout juste de l'hôpital, lui rappelé-je.

Son sourire s'efface et d'un mouvement souple il se relève et vient se poster juste devant moi.

Merde. Même si mon cerveau m'ordonne qu'Erik est en convalescence, mon corps, lui, ne partage pas du tout son avis. Il ne me touche même pas et je me sens déjà durcir dans mon boxer. Est-ce qu'il sécrète des phéromones spéciales pour m'attirer ainsi ?

— Je ne suis pas en sucre, capitaine Patterson, chuchote-t-il en faisant exprès de frôler mes lèvres.

— Ne m'appelle pas comme ça.

— Sinon quoi ? Je t'avouerai que pour ma part, je trouve ça légèrement excitant de coucher avec un gradé.

— C'est peut-être parce que tu n'as jamais fait partie de l'armée américaine.

— À cause du *Don't ask, don't tell*[1]? Je croyais que la loi avait été abrogée.

— Oui, mais dans les faits, cela ne veut pas dire que les mentalités ont changé du jour au lendemain.

Sa main vient caresser ma peau à la lisière de l'encolure de mon t-shirt.

— Je vois, on va dire que toi comme moi, on sait ce que c'est que de se cacher.

Il a raison, même si je me doute que cela a dû être bien pire pour lui. Son doigt glisse sur mon torse. Je saisis son poignet, peut-être un peu trop rapidement, pour le stopper.

Au lieu d'être choqué de mon geste, il me défie du regard. Il me somme de lui donner une bonne justification pour ne pas poursuivre.

Je dépose un baiser sur sa main et déclare :

— Tu es blessé.

— J'ai des égratignures et le médecin m'a dit qu'une activité sexuelle intense m'aiderait à aller mieux.

— Le médecin n'a jamais dit ça.

— Il ne m'a pas interdit non plus de le faire.

Il a raison et je crois que ma queue en est bien consciente, elle aussi. Erik se rapproche, nos deux sexes tendus se frôlent à travers leurs prisons de tissu.

— Dan, j'ai vraiment envie de toi, ici et maintenant.

Je sens ma détermination fondre comme neige au soleil. Surtout lorsque, pour appuyer son propos, Erik m'embrasse. Ce baiser pourtant presque chaste me rappelle le flot d'émotions de ces derniers jours : la colère, l'envie, la peur au moment où j'ai compris qu'il s'était blessé pour me protéger, l'angoisse profonde quand il a perdu connaissance, le soulagement enfin quand son sourire est réapparu. Je saisis immédiatement que mon plan initial de simplement m'endormir à ses côtés ne fonctionnera pas. J'ai besoin d'Erik, besoin de nous sentir tous les deux vivants, tous les deux là l'un pour l'autre.

C'est moi qui transforme donc notre baiser en quelque chose de plus sensuel. Erik se prend au jeu en moins d'une seconde. Il plonge ses doigts dans mes cheveux pour me retenir contre lui, comme s'il avait peur que je change d'avis. Je suis trop occupé à dévorer sa bouche pour le lui annoncer, mais je sais déjà que le point de non-retour est franchi.

Je fais voler son sweatshirt à travers la pièce. Son torse dessiné et halé apparaît et je le parcours de mes doigts. Je titille ses tétons qui durcissent instantanément.

— Dan…

Il fait un geste pour m'ôter mon vêtement, mais l'oublie quand je me baisse pour embrasser sa peau brûlante. Mes mains attrapent son pantalon et l'en débarrassent en moins de temps qu'il n'en faut pour le dire. Si ces joggings du FBI sont une insulte au bon goût, ils ont au moins l'avantage de disparaître rapidement.

Je découvre qu'il ne porte pas de boxer et heureusement

que ce n'est pas une information que j'ai eue avant dîner, sinon je me serais fait virer du repas pour indécence.

Erik frissonne sous mes lèvres alors que je descends sans détour vers le Saint Graal. Son sexe érigé fièrement est déjà humide. Je fais glisser ma langue sur toute sa longueur avant de laper la perle qui s'échappe de son gland. Erik lâche un cri étouffé qui m'arrache un sourire.

Je ne fais que commercer, mon cher.

Je le prends en bouche et enroule ma langue sur sa queue. Erik s'accroche à mes cheveux, comme pour se stabiliser. Je prends mon temps, appréciant cette torture qu'il me laisse lui administrer. Je lèche, je suce, et quand je l'engloutis en entier, il s'étrangle :

— Dan…

Mon prénom dans sa bouche est la plus sensuelle des caresses. Je m'applique à le faire monter en tension, sans le pousser trop non plus. Il a insisté sur le fait qu'il était d'attaque pour le grand show, il est hors de question que tout se termine en cinq minutes.

Je me redresse et l'embrasse, partageant avec lui le goût de son excitation. Je le fais ensuite reculer jusqu'au lit. Il ne se fait pas prier pour s'y allonger. Je le débarrasse de son pantalon qui entrave encore ses chevilles, ainsi que de ses chaussures.

Puis je recule d'un pas pour apprécier la vision magnifique de cet homme nu qui s'offre à moi. Les draps d'un blanc immaculé sont une toile de fond parfaite pour cet adonis aux cheveux noirs.

Il m'adresse un sourire malicieux.

— Il me semble que nous ne jouons pas à armes égales, dit-il en désignant mes vêtements.

— Je vais me déshabiller, mais je ne veux pas être le seul à me donner en spectacle.

Il hausse un sourcil, alors j'ajoute :

— Caresse-toi, pendant ce temps-là.

Je vois le rouge monter à ses joues, mais il suit mon ordre. Sa main s'enroule autour de son sexe et il entame un lent va-et-vient. Il y a quelque chose de très intime dans son geste, tout comme le fait qu'il soit exposé face à moi encore tout habillé. La première fois que nous avons baisé, nous n'avons pas eu l'occasion de nous détailler. Nous étions dévorés par une soif intense, primaire, et ce n'est pas le genre de choses que l'on fait avec un mec qu'on est censé oublier quelques heures plus tard. La seconde fois… nous avons été interrompus et pas de la meilleure des façons.

Alors, je prends mon temps. Pour l'observer, pour m'effeuiller aussi. Ses yeux noirs sont voilés par le désir, mais je sais qu'il ne rate pas une seconde du spectacle. Quand mon pantalon disparaît, je le vois lécher sa lèvre inférieure.

Je me rends dans un coin de la pièce où se trouve mon sac. J'en sors des préservatifs et du lubrifiant. Heureusement, comme les boy-scouts, je suis toujours prêt.

Une fois nu, je le rejoins sur le lit. Je l'emprisonne sous mon corps et fonds sur sa bouche.

— Tourne-toi, murmuré-je alors que nous reprenons nos souffles.

Il s'exécute et m'offre la vision de son dos meurtri par ce qui semble être des centaines de coupures. Chacune d'entre elles me rappelle qu'il s'est sacrifié *pour moi.*

Je ne peux pas mentir en disant que cette fois-ci, c'est seulement de la baise. C'est quelque chose de plus. Tout a changé en l'espace d'une nuit. Erik s'est sacrifié pour moi, a pris soin de moi. Alors, même si notre première rencontre n'était pas le fruit du hasard, comme je l'aurais souhaité, je crois qu'il est temps pour moi d'oublier ce détail et de me concentrer sur la réalité. Ce mec allongé sous moi n'a pas hésité une seconde à me protéger.

Je me penche pour embrasser chacune de ses cicatrices. Certaines sont plus profondes que d'autres, il gardera probablement une trace à vie de cet épisode.

— Tu sais, je suis bien plus beau à voir de face, plaisante-t-il.

— Ce que j'ai sous les yeux est pourtant magnifique, réponds-je.

Je le pense sincèrement. Je ne crois pas qu'un mec ait jamais fait quelque chose de la sorte pour moi. Non pas que j'aurais souhaité que quelqu'un se prenne des débris de verre ou une balle pour me prouver sa passion. Ce sont des coupures, mais moi j'y vois un geste… je n'oserais pas dire d'amour, car il est bien trop tôt pour ça, mais en tous cas quelque chose qui me frappe en pleine poitrine.

Je murmure cependant à l'oreille d'Erik :

— Mais promis, quand je m'enfoncerai en toi, ce sera les yeux dans les yeux.

Il tressaille et j'adore constater que quelques mots peuvent provoquer une telle réaction en lui.

Je retourne à ma tâche, j'embrasse et je caresse sa peau minutieusement. Erik se détend sous mes traitements jusqu'à ce qu'une de mes mains se fasse plus aventureuse. Du bout des doigts, je parcours son sillon, cours jusqu'à son périnée que je presse avant de remonter lentement.

— Oh, bordel ! s'exclame-t-il quand j'introduis en lui un doigt que je viens de lubrifier.

Je mordille sa fesse, tout en taquinant son entrée.

—Eh !

Sa réaction me fait rire et peu à peu, je le sens s'accommoder de mon intrusion. Je continue d'embrasser son dos tout en détendant son canal. Quand je l'estime prêt, un second doigt vient rejoindre le premier.

— Dan, il va falloir passer à l'étape suivante, là !

— Tu ne serais pas un peu impatient ?

— Si ! Mais il faut me comprendre, tu as le chic pour m'allumer.

Je me décale et m'assois, le dos contre la tête de lit.

— Viens, dis-je à Erik en lui faisant signe de me rejoindre.

J'enduis ma verge de lubrifiant et enfile une capote. Erik vient se poster à califourchon sur mes cuisses.

— Tu ne vas pas me faire languir ad vitam æternam, m'annonce-t-il avant de me saisir par la base de mon sexe et de me guider en lui.

Je tente de l'attraper par la taille pour ralentir sa descente, mais il semble trop pressé pour ça. Il m'engloutit rapidement, ses muscles s'étirant sur mon passage. Je lâche un long râle qui fait écho au sien.

Je récupère un peu de lubrifiant que je dépose sur son sexe entre nous et le caresse.

— Erik ! m'étranglé-je alors qu'il commence à balancer son bassin.

J'ai l'impression d'être si profond en lui. Nos yeux s'accrochent et communiquent d'une façon inédite. Nos mouvements se synchronisent. Mes mains s'agrippent à ses hanches, les siennes viennent se poser sur mes épaules et nous bougeons. Nous bougeons comme si nous ne faisions plus qu'un.

Ma peau contre sa peau, ma sueur se mêle à la sienne. Nos bouches fusionnent, nos langues s'entrechoquent. Mais au-delà de tout, ce sont nos âmes qui s'apprivoisent.

CHAPITRE 18

ERIK

— *M*onsieur le Président, dis-je en serrant la main de l'homme le plus puissant du monde.

Impressionné ne suffit pas à décrire l'état dans lequel je me sens. Avec mon travail à l'ambassade, j'ai déjà rencontré du beau monde : des ministres, des ambassadeurs et quelques chefs d'État, mais là, c'est tout autre chose. L'homme transpire l'assurance par tous les pores de sa peau et curieusement, il n'a pas l'air prétentieux pour autant.

À la façon qu'il a de s'adresser à Garrett et à Dan, je comprends que leur relation n'est pas seulement professionnelle. Je ne sais pas si l'on peut dire qu'ils sont amis, mais en tout cas, le respect qu'il leur porte est manifeste. Même s'il est aimable et souriant, il est bien plus distant avec Eren et moi. Nous avons encore à faire nos preuves.

Bien qu'il fasse bonne figure, je vois bien qu'Eren aussi est ému. Nous savons tous les deux qu'une partie de l'avenir de notre pays repose sur cette rencontre.

John Smith invite son ancien compagnon d'armes et

Eren à prendre place l'un en face de l'autre dans les deux grands canapés de son salon, puis s'éclipse en nous assurant que nous ne serons pas dérangés. Sa remarque me fait sourire, car en réalité, l'ancien gradé meneur d'hommes se laisse mener par le bout du nez par ses deux petites filles. D'après ce que j'ai pu voir ce matin, nous ne sommes pas à l'abri d'une invasion de ces deux tornades roses harnachées en petits poneys.

Garrett prend place à côté du Président, alors que Dan et moi demeurons en retrait, chacun derrière le canapé de l'homme que nous servons.

— Allons directement au but, dit le Président.

Eren hoche la tête et je devine sa satisfaction. Il a beau avoir appris à faire le dos rond au cours de ses années de campagne, quand il s'agit de communiquer, il préfère la franchise brutale aux demi-mots courtois.

— Il est hors de question que nous armions vos troupes.

Je pose une main sur l'épaule d'Eren pour le soutenir.

J'ai beau me dire que si le Président a accepté de nous rencontrer, ce n'est pas juste pour nous envoyer paître, et qu'il aurait très bien pu faire passer ce message par Garrett, je crains qu'il n'ait rien d'autre qu'un soutien moral à nous apporter.

Pour en avoir le cœur net, je prends la parole :

— Si on arrive à organiser de véritables élections, Eren va gagner. Si tout le monde a le droit de voter, bien plus de la majorité des bulletins déposés dans les urnes porteront son nom. Mais même si on arrivait à faire appliquer la constitution, tout ça ne servira à rien si le gouvernement en place refuse de partir.

— J'entends ce que vous me dites et je comprends votre souhait d'armer vos militants pour qu'ils aient une chance de vous porter effectivement au pouvoir, mais…

Le Président fait une pause, comme s'il réfléchissait. Il se tait assez longtemps pour que je me dise que c'est toujours pareil, tout ce qui est dit avant « mais » est effacé par ce qui vient après.

— … moi, j'ai eu une autre idée.

Je sens Eren se crisper et je retire ma main de son épaule, alors qu'il se penche en avant pour déclarer :

— Toute aide que vous accepterez de nous apporter sera la bienvenue.

Oui, bien sûr. Sauf que son soutien moral sera bien moins efficace qu'un gilet pare-balles quand on lui tirera dessus pour se débarrasser de lui définitivement.

— Je me suis dit que je pourrais me tourner vers le Président actuel. Je le caresserai dans le sens du poil en lui proposant publiquement une méthode infaillible pour mettre un terme aux rumeurs selon lesquelles le Terekstan ne serait toujours pas une démocratie digne de ce nom.

Eren hoche à nouveau la tête, le temps de digérer la proposition.

— Nous enverrons une équipe impartiale composée d'observateurs de plusieurs pays amis et nous couperons l'herbe sous le pied du gouvernement en annonçant les résultats avant eux, histoire de les mettre devant le fait accompli.

Le Président se frotte les mains, très satisfait de la manœuvre qu'il nous propose.

Je ne sais pas quel grand stratège a concocté ce plan bien au chaud dans son bureau douillet, mais c'est un crétin de premier ordre qui n'a aucune idée de ce qui se passe sur le terrain.

Certes, sur le papier, il peut paraître parfait. Dans la réalité… il n'a aucune chance d'aboutir. Le Président actuel du Terekstan est loin d'être un enfant de chœur. Même s'il se retrouve coincé et dans l'impossibilité de refuser la proposition américaine, il se débrouillera pour couper tous les moyens de communication des observateurs. Si par miracle ils arrivaient à faire leur annonce, ce serait la mort assurée pour Eren.

En fait, plus j'y pense, plus je me dis que ce plan est désastreux. Certains, en place, pourraient être tentés de supprimer Eren avant le début des élections de façon à court-circuiter le problème : sans candidat d'opposition, la partie serait gagnée d'avance.

Eren, qui a forcément conscience des risques de ce plan, se trouve maintenant dans une position délicate. Il faut qu'il trouve le moyen de rejeter cette proposition, sans froisser le Président.

Mais avant qu'il puisse trouver une réponse, c'est Garrett qui prend la parole :

— Nous sommes parfaitement conscients du fait que ce plan doit vous paraître absurde, comme si nous avions décidé de vous peindre une cible sur le dos.

Maintenant, il a toute mon attention. S'ils nous font cette proposition alors qu'ils ont compris la situation, c'est qu'il y a autre chose. Un élément que nous ne possédons pas et qui les pousse à jouer le tout pour le tout… avec la peau d'Eren.

— Mais voilà, la cible est déjà là, reprend Garrett. Grâce à certaines sources dont nous disposons au sein de la mafia russe, nous avons appris qu'il y a déjà deux contrats vous concernant.

— Le premier est pour descendre Eren et le second… est pour toi, me dit Dan.

— Moi ? Mais pourquoi ?

— Parce que si je venais à disparaître demain, tu serais

un parfait candidat pour me remplacer, répond Eren. Tu as toujours tendance à t'effacer, mais personne n'est dupe. Même dans les coins les plus reculés du pays, ton nom est au moins aussi connu que le mien.

Sur un ton plus léger, il ajoute même :

— Sans parler du fait que certains pensent que tu es plus beau gosse que moi.

C'est absurde. Je me suis toujours volontairement effacé, parce que j'ignore ce qu'une révélation de mes préférences sexuelles aurait pour conséquence pour Eren et notre cause. Mais je n'ai pas le temps de protester que le Président reprend la parole.

— En attendant les élections, vous allez tous les deux bénéficier d'une sécurité renforcée. Monsieur l'ambassadeur aura le double de gardes et quant à vous, me dit-il en souriant, je crois que Dan s'est porté volontaire pour assurer votre protection rapprochée.

Cette dernière phrase me trouble plus que je le voudrais. D'abord parce que je suis fasciné par le naturel avec lequel il fait référence à notre relation. Ensuite et surtout parce qu'il a dit que Dan s'était porté volontaire. À nouveau…

Mais même si cette dernière information me remplit de joie, l'idée de devoir passer les prochaines semaines en sa compagnie ne suffit pas à faire passer mon amertume.

Bien sûr, nous n'étions pas naïfs au point d'imaginer que les États-Unis jetteraient leur chapeau dans l'arène et se présenteraient comme notre champion. Nous espérions tout de même que de façon non officielle, ils accepteraient d'armer nos militants pour que nous ayons une véritable chance de porter Eren au pouvoir, une fois celui-ci légitimement élu.

Le Président se lève, rajuste ses manchettes et nous salue

avant de se retirer, Garrett sur ses talons. L'entretien n'a même pas duré dix minutes.

Eren prend une grande respiration et redresse les épaules. C'est un battant. Nous n'allons pas baisser les bras, d'une façon ou d'une autre, nous allons y arriver.

Le silence pesant n'est rompu que par le retour de Garrett.

Lorsque la porte se referme derrière lui, Eren lui tend la main et le remercie.

— Je ne doute pas que vous avez fait ce que vous avez pu, lui dit-il. Mais malheureusement, je crains que ce ne soit pas assez.

— Je vous raccompagne jusqu'à votre voiture, lui répond Garrett.

Eren se tourne vers moi et me dit, dans notre langue, qu'il m'appellera plus tard, quand nous pourrons parler seul à seul.

Dans le splendide salon de John Smith, le pâle soleil d'hiver filtre toujours à travers les voilages, mais il me semble maintenant bien plus faible. Comme s'il reflétait mon état d'esprit, il disparaît derrière un nuage.

Maintenant qu'il ne reste plus que Dan et moi dans la pièce, ce dernier s'approche de moi. Lui aussi a sans doute fait ce qu'il a pu, mais contrairement à Eren, j'ai du mal à faire bonne figure. J'ai plutôt envie de me passer les nerfs sur quelqu'un… et comme il n'y a que lui, il vaudrait mieux que je batte en retraite.

Sauf que Dan ne m'en laisse pas l'occasion.

Sans rien dire, il me prend par la main et me conduit hors du salon.

Nous remontons quatre à quatre les marches qui mènent jusqu'à notre chambre.

Il ouvre la porte, me tire vers l'intérieur de la pièce puis referme derrière nous.

Il m'agrippe alors par les revers de ma veste et me colle contre le mur.

C'est une façon de se défouler à laquelle je n'avais pas spontanément pensé, mais après tout… pourquoi pas.

CHAPITRE 19

Quand j'écrase ma bouche sur celle d'Erik, je sais que cela ne résoudra pas ses problèmes, mais c'est instinctif. Je sens qu'il est déçu et c'est ma façon à moi de lui apporter du réconfort. Idéalement, j'aurais trouvé les mots, j'essaierais de le convaincre que le plan de notre Président est tout de même une main tendue, même si ce n'est pas celle qu'il attendait. Mais la vérité, c'est que moi-même, je n'y crois pas.

Eren n'est pas stupide au point de se dessiner une cible dans le dos. Et il a beau plaisanter en disant qu'Erik pourrait le remplacer, ce serait là aussi très dangereux. Ce ne sont pas Eren ou Erik en soi, le problème, c'est ce qu'ils représentent : une voie vers plus de démocratie, d'autonomie pour les Tereks et la fin des combines et magouilles des élites véreuses de leur pays et de la mafia.

Erik me serre contre lui, comme s'il s'arrimait à moi dans un naufrage. Ce geste me flatte, je veux être là pour lui. Bien plus que je ne l'aurais imaginé, il y a quelques jours encore. Je ressens le besoin viscéral de le protéger, d'être à ses côtés, pour partager ses bons moments comme ses peines. Je dois avouer que c'est effrayant. Comment en quelques jours cet homme a-t-il pu s'infiltrer ainsi à l'intérieur de moi ? Je sais que dans notre situation, après avoir frôlé la mort et en vivant collés l'un à l'autre toute la journée, les émotions, les ressentis sont décuplés. Peut-être même faussés. Je suis conscient également de ma capacité à m'emballer un peu trop vite, en temps normal. D'ailleurs, dès ma rencontre avec Erik, j'ai érigé de hauts murs autour de mon cœur et lui s'applique à les faire tomber un à un. Je ne suis même pas certain que ce soit volontaire. Il est juste lui et moi je me dis chaque jour davantage qu'il est peut-être celui qui est fait pour moi. Tout est plus beau, plus brillant quand il est là. C'est ironique quand on pense aux circonstances qui nous amènent à passer du temps ensemble, à l'heure actuelle. Je ne dirais pas que je suis heureux qu'il y ait des tueurs à ses trousses, mais j'apprécie d'avoir une bonne excuse pour passer tout mon temps avec lui.

Avant le rendez-vous avec le Président, alors qu'Erik et Eren étaient entre eux pour préparer la rencontre, Garrett et moi avons pu discuter pour la première fois depuis quelques jours, seul à seul. C'est là qu'il m'a informé du contrat posé sur la tête d'Erik. Ses mots m'ont littéralement glacé le sang. Durant mes années de service parmi les Marines, j'ai eu mon lot d'informations sensibles, de situations dangereuses. Mais jamais je n'ai ressenti cette peur qui a saisi tout mon corps au point de me rendre incapable de penser pendant un long instant. J'étais figé et Garrett s'en est aperçu puisqu'il m'a demandé :

— Ça va ?

— Je veux continuer à m'occuper de la sécurité rapprochée d'Erik.

Il a lentement hoché la tête et sur son visage est apparue

une expression, mélange de sourire et d'inquiétude. Il a simplement répondu :

— OK. Je m'attendais à ce que tu le demandes. Fais juste attention à toi.

Nous étions tous deux conscients du double sens de sa phrase. Ce n'est pas juste mon supérieur qui m'a demandé d'être méfiant sur une mission. C'est mon ami qui m'a averti d'être précautionneux avec mon cœur. Garrett n'est pas du genre à faire de longs discours, mais nous avons toujours été là l'un pour l'autre. Je sais qu'il détesterait me voir souffrir.

Erik met fin à notre baiser avec un soupir. Il ne me lâche pas pour autant et son front vient se poser contre le mien. Ma main vient caresser sa joue et je dis :

— Je suis désolé.

— Tu n'as pas à l'être. Ce n'est pas toi qui refuses de nous aider.

— Je sais bien, mais je suis conscient que vous attendiez beaucoup de ce rendez-vous et j'aurais aimé que tout le monde en ressorte satisfait.

Il se passe un long moment pendant lequel Erik m'observe. Ses prunelles noires détaillent chaque aspect de mon visage, comme s'il cherchait à le mémoriser.

Au bout d'un moment, je lui demande :

— À quoi tu penses ?

Il se mord la lèvre, comme s'il était embarrassé. C'est confirmé quand il ferme brièvement les yeux et soupire.

— Tu vas me prendre pour un monstre, mais il y a une partie de moi qui est soulagée voire heureuse de la tournure des événements.

Mon cœur bat un peu plus fort dans ma poitrine et je me demande s'il sous-entend bien ce que je crois.

— Développe…

— S'il n'y avait pas toute cette histoire, si on n'avait pas essayé de tuer Eren ou moi…

— On ne serait probablement pas là dans cette chambre en train de s'embrasser ? complété-je pour lui.

— Oui et… Dan, ne te méprends pas. Je suis profondément attaché à mon pays, je me suis promis de me battre jusqu'à mon dernier souffle pour améliorer la situation là-bas. Je veux que chaque enfant puisse bénéficier de la meilleure éducation, je veux que les gens n'aient plus peur de parcourir nos rues, je veux que les hommes et les femmes comme nous puissent vivre leur amour comme ils le souhaitent… Mais aujourd'hui, je suis heureux d'être à Washington, avec toi, loin de tout ça… juste toi et moi.

Je saisis son visage en coupe pour être certain qu'il me regarde.

— Erik. Tu es un homme exceptionnel et grâce à ce que tu m'as dit, ce que j'ai pu lire dans ton dossier, je sais que tu as déjà fait énormément pour ton pays. Je comprends que tu veuilles accomplir davantage et je t'admire pour ça. Mais tu as le droit d'être un peu égoïste et de vouloir des choses pour toi. Personne n'a besoin d'être un martyr. Être un homme engagé ne signifie pas être un solitaire.

Il sourit timidement et hoche la tête.

— Je sais tout ça. Mais… tu es conscient que mes deux rêves sont difficilement compatibles ?

— Tes deux rêves ?

Il grogne et râle :

— Tu vas me le faire dire à haute voix, n'est-ce pas ?

— Pour quelqu'un qui est bien plus bavard que moi, je te trouve un peu à court de mots, tout à coup.

Je plaisante, mais au fond de moi, je n'en mène pas large. Je suis un peu couard aussi. Je l'oblige à se déclarer, alors que moi-même je ne dis rien. Comme un gamin qui n'avouerait pas à son crush ses sentiments, de peur qu'ils ne soient pas réciproques.

— Je rêve à de grandes choses pour mon pays, et jusqu'à ces derniers jours, c'était probablement tout ce que je souhaitais. Mais voilà, le destin a mis sur mon chemin un Américain, plutôt canon, un peu râleur, qui a du mal à exprimer ce qu'il ressent et qui se méfie de tout le monde.

Je roule des yeux pour la forme, il poursuit :

— Et tout à coup, je remets toutes mes certitudes en question.

Cette dernière phrase me coupe le souffle et alors qu'il attend probablement une réponse, je mets quelques secondes de trop à la lui donner. Il commence à s'écarter de moi, je le rattrape et lui intime du regard de me laisser le temps de parler.

— Désolé, je suis juste surpris, je crois.

Il se renfrogne.

— Surpris que je te déclare…

Je le coupe :

— Dans toutes mes relations précédentes, j'ai eu tendance à m'emballer trop vite. J'ai été blessé, j'ai été trahi. Et tu sais qu'au départ, j'ai cru que tu m'avais utilisé pour approcher Garrett. Mis à part cette suspicion de départ, je n'ai rien à te reprocher. C'est même tout l'inverse, tu as risqué de te prendre une balle pour moi, bordel !

— Tout le plaisir était pour mon dos, plaisante-t-il.

— Mais comprends-moi, il y a toujours cette petite voix qui me dit que je pourrais me tromper. Ou alors que nous n'avons pas forcément les mêmes attentes. Jusqu'à maintenant, on n'a pas vraiment parlé du futur et c'est un peu normal, on se connaît à peine. Toi, tu as ce combat à mener pour ton pays, et moi…

— C'est bien pour ça que je viens de te dire que jusqu'alors je croyais que mon chemin était tout tracé. Le Terekstan, mon devoir et là tu arrives et je suis perdu.

Je lâche un rire et il sourit lui aussi.

— On dirait qu'on est tous les deux perdus.

— Le mieux dans ce cas-là, n'est-ce pas de rester groupés ?

— C'est ce qu'on apprend chez les scouts, oui.

— Écoute, Dan, je crois qu'on est au beau milieu d'un énorme bordel, qu'il soit géopolitique ou sentimental. Alors j'ai une proposition : on avance pas à pas, un jour après l'autre, et on voit où ça nous mène. Mais garde une chose en tête : je ne suis pas là avec toi pour mon devoir, pour mon boulot, par ambition ou je ne sais quoi d'autre. En vérité, si j'écoutais la voix de la raison, je devrais me concentrer sur mon combat pour mon pays et te laisser sur le bord de la route. Alors, si je suis là, c'est parce que j'ai envie d'être avec toi, de te découvrir et d'explorer ce truc qui se passe entre nous.

— Tu y es un peu obligé tout de même, vu que j'assure ta protection.

Il hausse un sourcil.

— Est-ce que je dois demander à Garrett de te relever de tes fonctions ?

Je sais qu'il dit ça pour m'embêter, mais je ne peux m'empêcher d'avoir déjà envie de tordre le cou à mon hypothétique remplaçant.

— Jamais de la vie. C'est moi ou personne d'autre, grommelé-je.

— Ce petit côté homme des cavernes est très sexy. Je me sens flatté, s'amuse-t-il.

Je lui lance un regard noir, pour la forme. Mais j'ajoute :

— Moi aussi, j'ai envie d'explorer ce truc qui se passe entre nous.

— Bien. Par contre, je sais qu'il y a un contrat sur ma tête et que nous sommes plus ou moins assignés à résidence…

Je ne le corrige pas, nous ne sommes pas assignés à résidence. Seulement, le fait de rester ici nous protège de pas mal de dangers.

— Mais est-ce que c'est possible de zapper le dîner avec les Smith, ce soir ? J'adore Barbara et John, mais…

— Tu commences à avoir l'impression d'être un lion en cage ?

— Oui, voilà. Y'a pas moyen de faire le mur ?

— Tu n'as pas envie de passer la soirée enfermé avec moi ?

— J'ai tout un tas d'idées de choses que je pourrais faire enfermé avec toi, avec plaisir. Mais je serai beaucoup plus enthousiaste si pendant quelques heures, on sortait de cette baraque. Au point où j'en suis, je suis prêt à accepter n'importe quelle proposition : balade en forêt, shopping au centre commercial, bénévolat, cours de danse folklorique…

— Cours de danse folklorique ? C'est vraiment un truc que vous faites pour un premier rendez-vous au Terekstan ?

Alors que je pose la question avec humour, il me répond le plus sérieusement du monde :

— Je n'ai jamais eu de premier rendez-vous dans mon pays, pour des raisons évidentes. Du moins, pas en public.

Mon cœur se brise un peu et pendant ce temps-là, il ajoute :

— Est-ce qu'on peut estimer que si l'on sort ce soir, c'est notre premier rendez-vous ? Après tout, on a déjà grillé quelques étapes qui nous amènent à quoi dans les standards américains ? Le troisième ?

Tout à coup, je ressens le besoin de faire les choses bien. Je rêverais de l'emmener au restaurant, de flirter avec lui autour d'une bouteille de vin. Mais je dois garder en tête qu'il est une cible potentielle. Alors quoi ? Cinéma ? L'obscurité nous permettrait de rester discrets. Je saisis mon téléphone pour vérifier les séances, quand une autre idée me frappe. Je vérifie mon agenda professionnel et lance, un sourire aux lèvres :

— Tu aimes les bals costumés ?

CHAPITRE 20

ERIK

— Le vert n'est vraiment pas ta couleur, déclare Dan moqueur.

Il a raison, mais je l'admets tout de même, j'aime bien son choix. Robin des Bois, l'homme qui, selon la légende hollywoodienne, volait les riches pour donner aux pauvres. L'idée qu'il me voie ainsi me réjouit particulièrement. Je me serais plutôt vu comme Petit Jean, l'acolyte de celui qui régnait dans la forêt de Sherwood.

Comme nous avions décidé de choisir chacun le costume de l'autre, j'ai opté pour le transformer en Batman. Ce n'est pas très original, mais parmi tous les costumes à disposition, c'était celui-là qui m'inspirait le plus. Bruce Wayne n'est sans doute pas le personnage le plus sympathique de tous les super-héros, mais c'est, à mon sens, le plus intelligent et le plus déterminé.

— Par contre, toi le noir te va à ravir !

Nous ressortons ensemble de la boutique de location de costumes qui, étonnamment, est encore pleine de clients alors qu'il est presque 20 heures. À croire que tout le monde à Washington a décidé d'organiser un bal costumé pour fêter Noël !

Une fois installé dans le taxi qui n'a pas semblé plus surpris que ça de nous voir habillés ainsi, je tente de me rappeler quand je me suis déguisé pour la dernière fois. Un lointain souvenir me remonte en mémoire, c'était pour une représentation de fin d'année à l'école. Bien évidemment, seuls les garçons avaient le droit de se donner en spectacle, alors la moitié d'entre nous étaient habillés en filles…

— Tu fais ça souvent ? demandé-je à Dan.

— Aller à des soirées déguisées ?

Je hoche la tête.

— Non, en fait, je sors très peu. L'essentiel de ma vie sociale s'articule autour du travail. Si je n'étais pas chargé de ta protection, j'aurais sans doute dû assister à deux ou trois réceptions cette semaine, juste pour faire acte de présence.

— Alors que fais-tu pour t'amuser ?

— M'amuser ?

Il prononce le mot comme s'il lui était totalement étranger.

— Tu sais, faire la fête, passer du temps avec ses amis.

— Eh bien, c'est ce que nous allons faire ce soir, répond-il en souriant. La soirée à laquelle nous allons n'est pas de celles qui me sont imposées par le boulot. Nous allons chez une amie, une vieille dame un peu excentrique qui se bat pour les causes qui lui semblent justes. L'année dernière elle avait apporté son soutien à la ligue de défense pour le droit de vote des animaux (¹).

Devant mon regard éberlué, Dan éclate de rire. C'est drôle de le voir ainsi, calme et détendu.

— Je te promets que je n'invente rien, ajoute-t-il. D'ailleurs, je doute avoir assez d'imagination pour inventer un truc comme ça. Je ne veux pas dire que les animaux n'ont pas de droits, comme celui d'être bien traités, mais de là à leur accorder le droit de vote…

— Dans la mesure où dans ton beau pays, il y a encore des gens qui pensent que la terre est plate, je me demande si la démocratie ne gagnerait pas à laisser les animaux exprimer leurs points de vue sur la façon dont nous gérons la planète !

Le temps que nous arrivions à la réception, nous sommes engagés dans une grande discussion avec le chauffeur de taxi Haïtien qui semble bien désabusé en matière de politique, puisqu'il considère que certains animaux feraient d'excellents chefs d'État.

Il nous dépose devant une superbe maison qui, de l'extérieur, me fait penser à celle du sénateur Smith, mais la ressemblance disparaît dès que l'on passe le perron. L'amie de Dan aux opinions politiques originales a aussi des goûts bien plus éclectiques que les Smith en matière de décoration.

— Elle soutient les arts ? demandé-je à Dan en tentant de me remettre de l'assaut subi par mes yeux.

— Les arts et les artistes, répond une voix féminine dans mon dos.

Nous nous retournons sur une superbe Cléopâtre qui prend fougueusement Dan dans ses bras. Malgré le masque qui recouvre la moitié de son visage, je devine qu'elle a au moins une soixantaine d'années.

— Tu es superbe, lui dit Dan lorsqu'elle l'a enfin relâché.

— Et toi, tu es un petit cachotier, tu ne m'avais pas dit que tu viendrais, et accompagné, en plus.

Dan lui sourit et fait les présentations, enfin, si on peut dire.

— Cléopâtre, je te présente mon ami Robin des Bois. Robin, voici la maîtresse de ces lieux qui organise les plus belles réceptions de la ville.

Très vite, la reine du Nil nous conduit jusqu'au vestiaire,

pour que nous puissions y déposer le sac qui contient les vêtements que nous avons troqués contre nos costumes, avant de nous prendre par le bras pour nous faire admirer ses œuvres.

Nous traversons plusieurs salons remplis de convives. Il y a bien plusieurs centaines de personnes et le champagne coule à flots. Lorsqu'elle nous abandonne pour aller saluer d'autres arrivants, nous sommes dans ce qui a dû être autrefois une grande salle de bal. Celle-ci a, sans doute pour l'occasion, été transformée en boîte de nuit. Il n'y a pas de boule disco au plafond, mais la musique des années 80 remplit la pièce dans laquelle des danseurs de tous âges bougent en tentant de garder le rythme. Certains le font en compensant leur manque de grâce par un enthousiasme communicatif.

Nous nous joignons à eux et lorsque la lumière et la musique se font plus douces, des couples se forment. Dan me prend dans ses bras. Après un instant d'hésitation, je me colle contre lui. Un rapide regard autour de nous me permet de constater que personne ne nous remarque. Nous ne sommes pas le seul couple d'hommes et notre conduite ne semble déranger ou surprendre aucun des autres convives.

Une fois encore, je me demande combien de temps il faudra pour que mon pays en arrive là. Faudra-t-il plus d'une génération pour passer de la chasse aux sorcières à cette indifférence bienveillante ?

En attendant, je profite de l'instant et de la possibilité qui m'est offerte de tenir dans mes bras l'homme qui bouleverse ma vie depuis que je l'ai rencontré. Nous restons sur la piste, tendrement enlacés, et Dan va même jusqu'à poser un baiser sur mes lèvres. C'est un baiser bien chaste, mais un geste tendre qui ne pourrait même pas être envisagé au Terekstan.

Un tel geste pourrait tout remettre en cause. Mon envie

de rentrer chez moi, mon combat… à quoi bon lutter lorsqu'une grande partie de la population n'est pas encore prête pour le changement ? Est-ce sage de vouloir accélérer le temps et changer les mentalités à grands coups de réformes, plutôt que d'attendre que tout évolue doucement ? Compte tenu de mon niveau d'éducation, je pense que je pourrais sans difficulté obtenir un visa, si je voulais rester. Mais je vais un peu vite. Dan et moi, dans ma tête, c'est plein de promesses, dans la sienne aussi je crois… mais c'est aussi tout nouveau, tout neuf. Qui sait si, une fois l'euphorie des premiers jours passée, nous ne nous rendrons pas compte que nous sommes fondamentalement incompatibles, que nos différences culturelles sont telles que nous n'avons rien à nous dire.

Avant que je n'aie le temps de plonger dans une spirale négative, le tempo de la musique change et nous quittons la piste de danse pour aller chercher à boire dans un des salons adjacents. Pendant les heures qui suivent, nous discutons de tout et de rien, bavardons avec d'autres invités.

Soudain, je constate que Dan se contracte puis il extrait de la poche de son costume son téléphone portable. Bien qu'il soit en partie dissimulé par son masque, je vois son visage se figer. Il s'éloigne de la table à laquelle nous nous étions installés avec nos nouvelles connaissances qui se sont présentées comme Hansel et Gretel, mais qui ne sont certainement pas frère et sœur.

Dan revient rapidement près de la table et après s'être excusé d'interrompre notre conversation, se penche vers moi.

— Il faut qu'on trouve une pièce pour se changer et qu'on rentre, tout de suite.

Sa voix trahit une certaine urgence, même s'il reste calme. Je nous excuse poliment et j'attends que nous ayons récupéré notre sac de vêtements et que nous nous retrouvions seuls dans la pièce dédiée au changement de costumes pour l'interroger :

— Que s'est-il passé ? Quelque chose est arrivé à Eren ?

Dan secoue la tête en se déshabillant.

— Non, je ne crois pas. Garrett me l'aurait dit. Là, tout ce qu'il m'a annoncé c'est que nous devons le rejoindre immédiatement. Il avait l'air contrarié. Il n'a pas apprécié que nous partions sans lui demander son avis.

Rassuré que rien ne soit arrivé à Eren, je tente de me mettre à la place de Garrett et devine qu'il y a de quoi être contrarié. Il a tout fait pour assurer ma sécurité et nous, comme deux adolescents attardés, nous partons nous balader. Je sais que Dan a prévenu les Smith, mais je ne lui ai pas trop demandé s'il avait l'accord de sa hiérarchie.

— Il t'a dit quoi exactement ?

— Qu'il nous attend chez son père, que la situation est grave et qu'il envoie une voiture pour nous chercher.

Frustré de ne pas en savoir plus, j'achève de retirer mon costume de justicier puis nous attendons patiemment la voiture qui doit nous ramener chez les Smith. L'heure a beau être grave, je n'ai aucun regret. Pendant quelques heures, nous avons profité l'un de l'autre, presque insouciants. C'était une de ces tranches de vie heureuses que je garderai en mémoire très longtemps, quoi qu'il arrive.

Tout comme le silence de plomb qui règne dans la limousine du retour et le regard glacé que nous lancent ensemble Eren et Garrett, lorsque nous franchissons le seuil de la résidence du sénateur.

Mais que s'est-il donc passé pendant ces quelques heures qui puisse justifier qu'ils soient tous les deux aussi tendus ?

CHAPITRE 21

DAN

Garrett me fait passer en un regard tout ce qu'il pense de notre petite escapade nocturne. Ce n'est pas comme si je n'avais prévenu personne de notre absence, ni même de l'endroit où nous nous sommes rendus. Je ne suis pas stupide à ce point. Mais disons que je l'ai fait comme un adolescent qui demande l'autorisation de sortie au plus laxiste de ses deux parents. J'ai donné l'information à John et Barbara Smith, tout en sachant très bien que ce n'étaient pas eux qui allaient m'interdire de sortir.

Honnêtement, je n'aurais jamais emmené Erik au bal masqué si j'avais pensé qu'il y risquait quoi que ce soit. Mais j'ai bien senti que tout comme moi, il commençait à tourner en rond dans cette maison. OK, elle est immense, mais il n'empêche qu'on avait besoin de changer d'air.

— Quelles sont les nouvelles ?

Garrett me répond par un signe de tête indiquant de le suivre. Quand nous pénétrons dans le bureau de son père, je me rends compte que des écrans supplémentaires ont été installés. Il y a aussi plusieurs de mes collègues. Seth analyse ce qui ressemble à des chats Discord et un autre a les yeux rivés sur une chaîne d'informations qui m'a l'air d'être celle d'un pays du Moyen-Orient.

C'est Eren qui prend la parole le premier :

— Plusieurs sources nous ont rapporté des manifestations à Astaku, comme dans la capitale.

— Toujours au sujet du rationnement en électricité ? demande Erik qui suit toujours de très près les actualités dans son pays.

J'ai remarqué qu'il passait un long moment chaque jour à consulter différentes sources sur Internet. Mais je suppose que ça fait partie de son travail.

— C'était le point de départ, explique Eren, mais là, d'autres sujets se sont rajoutés aux revendications. Cet après-midi, les étudiants sont descendus dans la rue et beaucoup de femmes ont rejoint le cortège, notamment à Astaku.

— J'ai toujours dit que les habitants de notre ville sont parmi les plus progressistes.

Un léger sourire apparaît sur ses lèvres, mais il disparaît aussitôt. Je crois que tout le monde dans la pièce comprend que l'heure est grave et que l'explication d'Eren n'est probablement pas terminée. D'ailleurs, il soupire :

— Le gouvernement a demandé à la police d'intervenir pour faire cesser la manifestation. Et c'est là que ça a dérapé. Une jeune femme a été battue à mort.

— Merde… laisse échapper Erik.

Eren passe une main sur son visage et c'est Garrett qui enchaîne pour le reste de l'explication :

— D'après plusieurs sources, les gens sortent dans la rue, dans la plupart des villes. Ils réclament justice pour Leila, c'est le nom de la jeune femme. Il y a des affrontements assez violents dans quatre des plus grandes villes du pays. Mes contacts à la CIA me rapportent que la police a du mal à contenir les émeutiers et il y aurait même des endroits où celle-ci les laisserait agir.

Erik s'étonne :

— La police se range du côté du peuple ?

— Pas partout, mais on nous relate effectivement quelques cas qui vont dans ce sens.

— Et comment réagit le gouvernement ? demandé-je.

— Ils ont verrouillé les communications. La télé d'État diffuse des reportages à la con.

Je jette un œil à l'une des télévisions sur laquelle est retransmis un cours de cuisine. Rien de mieux qu'une leçon sur la cuisson du riz pilaf pour faire oublier l'actualité, n'est-ce pas ?

— Il serait très compliqué de téléphoner. Les réseaux mobiles sont HS pour la plupart. De même que les connexions Internet. Mais fort heureusement, il y a toujours des petits malins qui trouvent des solutions.

— Ils espèrent tuer la révolte dans l'œuf en empêchant les gens de communiquer entre eux… commente Erik.

— Quelques journalistes de chaînes de télévision des pays voisins ont réussi à avoir des images, explique Garrett.

— Je suppose que ce sont celles qu'on voit ici ? demandé-je en pointant du doigt l'autre écran.

On y voit un homme, micro à la main, devant ce qui semble être une barricade enflammée. De ce que je comprends, avec mes notions d'arabe, il se trouve dans la capitale, près du palais présidentiel.

— Oui, ça date déjà d'il y a quelques heures. Sa chaîne n'arrive plus à avoir de contacts avec lui.

— J'ai pu avoir des informations avec des soutiens sur place, explique Eren, mais là encore, c'est très compliqué. Sans moyen de communiquer, ils ne peuvent pas me tenir au courant.

— Et au niveau des autres diplomates ? demande Erik.

Eren soupire.

— Il y a ceux qui bien évidemment doivent tout au pouvoir en place et ne diront pas un mot. On nous a fait savoir par la voie officielle que quelques personnes étaient descendues dans la rue pour protester à cause de ces fameuses restrictions en électricité et que le gouvernement avait reçu une délégation d'entre eux pour discuter. Ceux-ci sont repartis du palais soi-disant satisfaits de leur entretien.

Erik écarquille les yeux et Eren précise :

— Je ne fais que citer le rapport officiel.

— Et quelle est l'explication qui les a convaincus que c'était génial de passer une partie de la journée comme au Moyen Âge ?

Eren ricane.

— Soit-disant l'écologie. Les coupures sont là pour éviter la surconsommation et de tarir nos ressources.

— L'écologie ? Comme s'ils en avaient quelque chose à faire ! s'exclame Erik.

— On sait de toute façon toi et moi qu'il n'y a jamais eu de délégation reçue par le gouvernement, dit Eren amer. C'est juste un communiqué inventé de toutes pièces, par un bureaucrate à la solde du système.

— Et donc toutes les ambassades Terek croient à cette énormité ?

Eren secoue la tête.

— J'ai reçu un appel de mon homologue en Turquie, c'est même lui qui m'a informé le premier de ce qu'il se passe. Il ne l'a jamais affiché officiellement, mais je sais qu'il me soutient. Il rêve lui aussi de voir tomber le pouvoir en place.

Garrett fronce les sourcils et dit :

— Il faut tout de même se méfier. Il pourrait très bien jouer un double jeu.

— Bien évidemment, répond Eren. Nous allons faire preuve de prudence.

— Et que pense la CIA ? demandé-je à Garrett.

Je sais très bien que nous avons des agents sur place et qu'ils ne doivent pas être touchés par les problèmes de communication. L'oncle Sam fournit des connexions par satellite à ses soldats où qu'ils soient.

Garrett reste de marbre devant ma question et je comprends immédiatement pourquoi. Eren et Erik ne sont pas habilités à entendre ce qu'il sait. C'est vrai que j'ai tendance à considérer qu'on fait tous partie du même camp. D'autant plus qu'Erik et moi… Est-ce étrange de penser après seulement quelques jours de relation que le lien qui m'unit à lui est tout aussi fort que celui que j'ai avec mon pays ?

Mais je comprends subitement que je suis dans une position délicate. J'ai toujours été fidèle à ma patrie, à mon engagement pour les États-Unis. J'ai envie de faire preuve d'une loyauté tout aussi parfaite envers Erik. Mais voilà, ne va-t-il pas y avoir un moment où je vais devoir faire un choix ? Cacher des choses à Erik, parce que je vais devoir faire passer mon pays avant lui ? Pire, trahir Erik ? Que se passera-t-il si on me donne des ordres qui vont à l'encontre des attentes d'Erik, ou même de son bien-être ?

C'était facile d'oublier tout ça, enfermés dans notre cocon, tous les deux. Oui, j'y ai pensé, mais rapidement. Là, l'actualité me rappelle de façon brutale que la vie est rarement un long fleuve tranquille.

Les trois hommes discutent encore quelques minutes des événements alors que je suis perdu dans mes pensées. Puis, Garrett me dit :

— Je peux te parler en privé ?

Ce n'est pas une question à proprement parler, alors je lui emboîte le pas, tout en évitant le regard d'Erik. Je ne sais pas bien pourquoi. Quand nous sommes à l'abri des oreilles indiscrètes, il m'explique :

— La position officielle du Président n'a pas changé : il ne souhaite pas intervenir.

Je hoche la tête, je ne m'attendais pas à un revirement de situation.

— Officielle ? demandé-je tout de même avec une pointe d'espoir.

— Officieuse également. Je l'ai eu au téléphone, juste avant que vous n'arriviez. Il ne veut surtout pas se mouiller. Ça pourrait mettre le feu aux poudres dans la région.

— Ou ça pourrait être l'occasion qu'Eren attend depuis longtemps. Celle de faire tomber ce gouvernement corrompu et…

— Ça sera sans nous, Dan, me coupe-t-il d'une voix ferme.

— Est-ce qu'Eren le sait ?

— Il n'est pas stupide, je pense qu'il en est conscient. Après tout, son entretien avec POTUS[1] remonte à quelques jours seulement. Il se doute bien qu'il ne va pas changer d'avis, tout ça parce que des civils ont mis le feu à des pneus et scandent des slogans dans la rue.

— Donc on va les laisser se débrouiller tout seuls ?

Je ne suis pas étonné, je dirais juste que je suis déçu.

— Dan, des manifestations, il y en a tous les jours dans le monde. OK, c'est peut-être la première fois qu'au Terekstan, il y a un soulèvement de ce genre, mais le mécontentement du peuple n'aboutit pas toujours sur quelque chose de concret. On a des exemples partout à travers le monde. De plus, cela ne fait que quelques heures. Tout pourrait retomber comme un soufflé.

Je dévisage longuement mon ami, qui finit par ajouter :

— Je leur souhaite bien évidemment que ce soit plus qu'un feu de paille.

— Moi aussi, soupiré-je.

— Dan…

— Oui ?

— Je sais que tu y as probablement déjà pensé. Mais si tout ça s'avère être davantage, il y a un moment où tu vas te retrouver dans une situation complexe.

— Tu crois que je ne l'ai pas compris ? demandé-je sèchement.

— Ce n'est pas ton supérieur qui te parle. Je sais que je n'ai aucune inquiétude à avoir sur ton boulot. Tu as toujours suivi les ordres. Mais tu es aussi mon ami et… je dois avouer que depuis quelques jours…

Je suis maintenant sur la défensive, je crache :

— Quoi ? Tu vas me reprocher de m'être trop rapproché d'Erik, maintenant ? Tu crois que je n'ai pas appris de mes erreurs du passé ? Que je vais laisser filtrer des informations confidentielles ?

— Pas du tout ! s'exclame Garrett.

Sa colère me surprend.

— Tu ne comprends pas ce que j'essaie de te dire ! Je suis ton ami, Dan. Un ami qui ne t'a jamais vu aussi heureux qu'en ce moment, alors même que tu es dans une situation de merde, enfermé à protéger un témoin. Mais un ami qui est bien conscient que tu es en train de vivre ce qui m'est arrivé à moi : tomber amoureux. Et crois-moi quand je te dis que c'est tout le mal que j'ai toujours voulu pour toi. Pourquoi crois-tu que j'ai proposé que vous restiez chez mes parents plutôt que dans un endroit sécurisé, je ne sais où ?

Pourquoi crois-tu que j'ai accepté que tu t'occupes de la protection d'Erik, alors qu'il aurait été plus judicieux de la confier à quelqu'un d'autre ? Parce que j'ai fait passer notre amitié, mon envie de te voir heureux avant le devoir !

Sa tirade me coupe le souffle. Garrett me foudroie du regard et j'articule un :

— Merci.

— Mais je suis en train de me dire que je ne t'ai probablement pas rendu service. Car dans les prochains jours, semaines ou même mois, tu risques de devoir prendre une décision difficile. Celle de suivre ton cœur, ou ta loyauté envers ton pays. Et ça, crois-moi, je n'ai jamais souhaité que ça t'arrive.

CHAPITRE 22

ERIK

Eren et moi sommes maintenant seuls dans le bureau du sénateur. Nous avons tous les deux les yeux rivés sur les écrans qui affichent les images de deux satellites. L'un d'entre eux a été immobilisé au-dessus d'une ville que je n'arrive pas à reconnaître, l'autre surveille la capitale.

Un rapide coup d'œil à ma montre, il est presque une heure du matin, donc 9 h 30 chez nous. À cette heure-ci la circulation devrait être dense, les trottoirs congestionnés par les étals des marchands ambulants et peuplés de la foule des femmes venues faire leurs courses du jour. Mais sur l'écran montrant la place principale de la capitale et les avenues qui y mènent, c'est un spectacle de désolation. Des carcasses de voitures calcinées encombrent la chaussée et il n'y a pas âme qui vive sur l'image.

Dans l'autre ville, il y a un peu d'activité, mais pas grand monde.

Les plus tièdes doivent avoir choisi de rester chez eux en attendant de voir comment la situation évolue.

— Tu sais où c'est ? demandé-je à Eren en montrant l'un des deux écrans qui nous montrent une ville au ralenti.

— Aucune idée, me répond-il en soupirant.

— Là, c'est le calme avant la tempête, dis-je en regardant à nouveau la capitale.

Eren hoche la tête. Il a sa mine sombre des mauvais jours. Il ne devrait pas. C'est le signe que nous attendions. Maintenant que le pays se soulève, il faut profiter du mouvement pour faire avancer les choses. Mais pas d'ici, pas calfeutrés, bien au chaud, dans nos bureaux de Washington. Non, nous devons aller sur le terrain. J'imagine que les aéroports nationaux vont être fermés, si ce n'est déjà fait. Mais c'est sans importance, nous allons bien trouver un moyen de rentrer au pays. S'il le faut, nous prendrons un avion jusqu'à l'aéroport le plus proche situé dans un des pays limitrophes et finirons le voyage en voiture.

— Tu veux partir quand ? lui demandé-je.

— Tu vas me laisser y aller seul ?

Je me tourne vers lui, il semble plus peiné que surpris par ce qu'il imagine être ma décision.

— Y aller seul ? Mais qu'est-ce qui t'a fait croire ça ? m'étonné-je.

— La façon dont tu as formulé ta question, répond-il en haussant les épaules.

Je réfléchis à ce que j'ai dit : *« tu veux partir quand ? »*. Il n'a pas compris que je m'en remettais à lui pour le choix du départ, sans envisager de m'exclure du voyage. Je lève les yeux au ciel. Le plus souvent Eren est solide comme un roc, mais parfois, il a des susceptibilités de jeune fille.

— Ce que je te demande c'est : quand veux-tu que nous partions ? expliqué-je. Et oui, je sais, ce n'est pas ce que j'ai dit, mais il n'est pas question une seule seconde que je te laisse y aller sans moi.

En voyant le soulagement s'afficher sur son visage, je ne peux résister à l'envie de le prendre dans mes bras. Eren, je l'aime comme un frère, plus que mon frère, car lui m'accepte comme je suis.

La loyauté dont il a fait preuve à mon égard est telle que je crois en lui, plus qu'il n'y croit lui-même. Mon rôle à ses côtés n'est pas tant de le conseiller que de chasser les doutes qui l'assaillent périodiquement, lorsqu'il s'interroge sur sa légitimité.

Il a indéniablement raison lorsqu'il se dit qu'il n'est peut-être pas l'homme le plus compétent techniquement pour gouverner notre pays. Il n'a pas fait de longues études en sciences politiques ni en économie, mais il peut tout de même légitimement prétendre diriger le Terekstan.

Régulièrement, je suis là pour lui rappeler que ce qu'il considère comme les marques de son incapacité est sans importance. Ce qui compte, c'est qu'il soit la figure de proue dont nous avons besoin, l'homme à qui le peuple peut s'identifier, celui qui les comprend et, pour ce qui est du reste, on trouvera des ministres et des conseillers compétents. Certes, dans le lot des candidats, il y aura bien des opportunistes, mais peu importe. À un fidèle qui n'y connaît rien, je préfère un opportuniste talentueux. Tout est une question de contrôle à instaurer pour s'assurer que personne ne s'en mette plein les poches ou pille le pays.

Profitant de notre étreinte, Eren me murmure quelques mots à l'oreille.

— Retrouve-moi à l'héliport de South Capitol Street à midi. Viens seul.

— Je serai là.

Nous nous séparons et restons perdus dans la contemplation de notre ville natale jusqu'à ce que Dan revienne.

— Eren, Garrett t'attend dans sa voiture pour te ramener à l'ambassade, dit-il.

Celui-ci hoche la tête et nous quitte, sans ajouter un mot.

À peine la porte refermée derrière lui, Dan s'approche de moi et prend mon visage entre ses mains.

— Ça va ? demande-t-il en plongeant ses yeux dans les miens.

Je reste un instant silencieux, ne sachant comment répondre à sa question. Ma réserve n'est pas due à une défiance à son égard, mais à l'état dans lequel je me trouve. Je ne sais plus trop ce que je ressens. Trop d'émotions en si peu de temps.

— Un peu secoué, avoué-je. Nous savions que ça allait arriver un jour, mais ça fait si longtemps que j'attends, je n'ose pas encore trop y croire. C'est quitte ou double.

Pas besoin d'expliquer à Dan que la violence avec laquelle le gouvernement répond à ce soulèvement peut l'étouffer définitivement ou, au contraire, l'embraser. Il a assez d'expérience en matière de politique pour le comprendre.

— Ce qu'il vous faut, c'est faire basculer le bras armé de l'État, observe-t-il en me libérant avant de se tourner vers les écrans.

Il a parfaitement raison. La police, ça devrait aller. En pratique, si Eren apparaît comme la solution pour rétablir l'ordre et la stabilité, les forces de police devraient se ranger derrière lui. Pour ce qui est de l'armée, c'est plus délicat. On a déjà vu bien des gradés se laisser tenter et profiter d'occasions comme celles-ci pour prendre le contrôle de leurs pays. J'imagine que c'est pour éviter de les soumettre à cette tentation que le Président actuel n'a pas lâché les troupes dans les rues de la capitale.

— Que dirais-tu d'aller se coucher ? me demande-t-il.

Tu réfléchiras mieux après quelques heures de repos pour recharger tes batteries.

Je le suis vers la porte en protestant mollement, car il a raison, d'autant que je ne peux rien faire, enfin, pas avant de retrouver Eren à l'héliport dans moins de douze heures.

— Je suis tellement tendu, je ne sais pas si je vais pouvoir m'endormir.

— Ça tombe bien, je n'envisageais pas une seconde de te laisser sombrer dans le sommeil quand ta tête touchera l'oreiller, répond-il en souriant.

Je ne peux m'empêcher de lui rendre son sourire. Le mien est sans doute un peu triste. Cette nuit pourrait être la dernière que nous passons ensemble. J'ai le cerveau trop embrouillé pour penser au futur. Peut-être un manque de courage de ma part. Je sais parfaitement que je pourrais être exécuté sommairement à mon retour au pays.

— Ah oui, tu pensais à quoi ? le taquiné-je. Une séance de méditation avec une nouvelle application sur ton téléphone ?

Dan rit doucement alors que nous montons les marches jusqu'à notre chambre.

— Effectivement, ce serait une façon de te détendre, mais j'avais quelque chose d'un peu plus sportif en tête.

— Tant mieux, parce que j'ai déjà essayé plusieurs fois la méditation et je n'y arrive pas. Il semble que j'aie un bouton qui fait marche ou arrêt, sans position intermédiaire.

Nous entrons dans notre chambre et en refermant la porte, j'ai le cœur qui se serre. Je ne suis pas un grand sentimental, les déclarations importantes, ce n'est pas mon truc. Mais là, je voudrais pouvoir lui dire…

Une fois encore, je ne sais pas ce que je souhaiterais lui dire, car je n'arrive pas à mettre des mots sur ce que je ressens. Il y a de la gratitude pour l'ensemble des moments que nous avons passés à deux. Certains étaient brefs, comme cette minute dans l'escalier pendant laquelle j'ai plaisanté et oublié, un instant, les tragédies qui secouent mon pays. Je voudrais aussi le remercier pour ces nuits à ses côtés. Ces nuits qui m'ont permis de comprendre que bâtir une relation avec un autre homme n'est pas impossible. Il a marqué ma vie de façon indélébile. Mais voilà, je ne sais pas dire ces choses-là. Enfin, pas avec des mots.

Il va falloir que je trouve un moyen différent.

C'est le cœur gros que je le prends dans mes bras et le serre fort contre moi. La tête blottie dans son cou, je respire son odeur pour m'en imprégner. Jusqu'à la fin de mes jours, j'associerai cette odeur boisée à ce moment…

Mais assez de nostalgie par anticipation. J'ai beau adorer m'assoupir à ses côtés, si cette nuit doit être la dernière que nous passons ensemble, ce serait dommage de ne faire que dormir.

Carpe diem.

CHAPITRE 23

DAN

Il va partir. C'est une question de semaines, de mois tout au plus, mais il partira.

Je le savais depuis le départ, bien sûr. Mais peut-être que jusqu'à hier soir, je n'en avais pas pris conscience.

Il dort à mes côtés, alors que le jour se lève. Ses longs cils noirs forment un croissant ombragé sur ses joues. Sa main repose sur mon torse, comme s'il avait peur que moi je m'échappe, pendant son sommeil.

Ma raison et mon cœur s'affrontent. Comment pourrais-je ne pas me réjouir que les choses bougent enfin dans son pays ? Je ne connais Erik que depuis quelques jours et il ne s'en est pas passé un sans qu'il ne me parle du Terekstan, de ses souhaits, de ses rêves pour sa patrie. Je ne sais pas s'il en est conscient, mais quand il parle de la terre qui l'a vu naître, son regard s'anime, la passion est évidente. Comme celle d'un homme amoureux. Il espère véritablement voir les choses bouger et ce n'est pas pour en tirer profit. Non, ça j'en suis certain. Il veut le meilleur pour son pays, comme on souhaite le meilleur aux gens qu'on aime.

Je souhaite le meilleur pour Erik.

Je crois bien que je l'aime.

Tout va si vite et tout pourrait s'écrouler du jour au lendemain. Et c'est pour ça que je suis déjà réveillé. Je veux me réjouir pour lui, pour Eren, pour leur pays. Mais mon cœur saigne. Car au fond, j'ai compris que je ne fais pas le poids. Le moment venu, il choisira son destin, la voie qu'il a façonnée depuis des années, le Terekstan, sa raison de vivre. Et moi ? Je resterai sur le bas-côté. Et si une part de moi veut le meilleur pour lui, je ne peux m'empêcher de penser que j'aurais aimé être le choix évident.

Je ne peux décemment pas le lui demander. Je ne fais pas le poids face à son combat. Nous nous connaissons depuis trop peu de temps. La cause qu'il défend est trop importante.

Je quitte le lit en prenant soin de ne pas le réveiller.

Je descends dans la cuisine où l'employée des Smith s'affaire déjà. Elle me salue d'un « Bonjour, monsieur Patterson » teinté d'un accent hispanique et disparaît. A-t-elle compris que je n'étais pas d'humeur à faire la conversation ?

Je n'ai effectivement pas le courage de discuter de la pluie et du beau temps. Mais je ne suis pas stupide au point de penser que je dois me renfermer sur moi-même. J'ai besoin de me changer les idées. D'oublier un instant Erik, le Terekstan, ma mission et tout ce qui s'y rattache.

Je me fais couler un café tout en scrollant sur mon téléphone. Les médias traditionnels parlent à peine du soulèvement au Terekstan. Pas étonnant. Les infos sont rares, il n'y a pas d'images sensationnelles à montrer en boucle. Le sujet sera boudé tant que ce ne sera pas le cas. Le Terekstan, c'est loin. À l'approche des fêtes de Noël, les Américains sont plus intéressés par le fait de trouver le cadeau parfait à poser au pied du sapin, que par une révolte dont ils ne savent rien, dans un pays que la majorité d'entre eux ne saura pas positionner sur une carte.

À ma grande surprise, le téléphone se met à sonner. Vu l'heure matinale, mon premier réflexe est de penser qu'il s'agit du bureau, mais quand je lis le nom de mon interlocutrice, un sourire se dessine sur mes lèvres.

— Bonjour, Maman, tu es tombée du lit ?

Il est déjà tôt à Washington, alors chez elle au Colorado, je ne suis même pas certain que le jour soit levé.

— Je sais que j'ai plus de chances de t'avoir avant que tu ne commences ta journée de travail. Et comme tu le sais, les grasses mat' ce n'est pas mon fort.

— Je suis rassuré de constater qu'il y a des choses qui ne changent pas, dans ce monde. Comment allez-vous, Papa et toi ?

— Bien, nous sommes excités à l'idée de te rendre visite, dans quelques jours. C'est aussi à ce sujet que je t'appelle.

Je grimace. Avec toute l'agitation des derniers temps, ce n'est pas que j'ai oublié leur venue, mais je n'ai pas eu le temps de la préparer comme il faut. Je n'ai pas mis un pied dans mon appartement depuis des lustres.

— On se disait avec ton père que l'on pourrait peut-être aller à l'hôtel, plutôt qu'envahir ton espace.

Cette nouvelle devrait m'enchanter, mais une alarme s'allume dans ma tête. Qu'est-ce qu'il y a qu'elle ne me dit pas ?

— Pourquoi ? Vous êtes toujours venus chez moi. C'est plus simple avec mon travail et…

— Oui, mais on ne voudrait pas être au milieu si tu as besoin… d'intimité.

— Maman…

Elle en sait plus qu'elle ne veut bien l'avouer. Pourquoi se soucie-t-elle de ça tout à coup, alors que je n'ai pas dit un mot au sujet d'Erik ? Et tout à coup, j'ai une révélation.

— Tu as parlé à Barbara Smith !

Elle prend un air outré pour me répondre.

— Tu ne peux pas m'en vouloir de m'inquiéter pour mon fils unique ! Je te trouvais bizarre lors de nos dernières discussions, alors j'ai demandé à Barbara si elle t'avait vu et…

— Elle t'a dit que je logeais chez elle, complété-je à sa place en me pinçant l'arête du nez.

Il va falloir que j'aie une petite discussion avec la mère de Garrett sur la confidentialité des informations.

— Tu loges chez les Smith ? Mais comment ça se fait ? s'étonne Maman. Il y a un problème avec ton appartement ? Barbara ne m'a pas parlé de ça !

Ah, eh bien on dirait que j'ai tiré des conclusions hâtives sur nos hôtes. Je m'en veux immédiatement.

— Il n'y a pas de problème avec mon appartement, c'est…

— Mon Dieu, Dan ! Ne me dis pas que Garrett a finalement viré sa cuti et abandonné cette pauvre Jenna pour toi ? J'ai bien compris qu'il y avait un homme là-dedans et j'adore Garrett, ne te méprends pas. Mais je ne pense pas que vous soyez faits l'un pour l'autre et…

Je ne peux m'empêcher d'éclater de rire, d'autant plus quand la voix outrée de Maman reprend :

— Je ne vois pas ce qu'il y a de drôle. Surtout quand on sait que Garrett est fiancé et que…

— Maman ! Arrête tout de suite ton délire avec Garrett. Il est toujours fou amoureux de Jenna et le mariage n'est pas annulé.

— J'espère bien. Je viens tout juste d'acheter ma robe, bougonne-t-elle.

Je soupire et ferme les yeux un instant. Je sais qu'elle attend une explication et je l'imagine même trépigner d'impatience dans sa cuisine aux rideaux brodés. Alors, je me lance :

— Il y a bien un homme… mais c'est compliqué.

Elle renâcle.

— Les histoires d'amour les plus belles sont toujours les plus compliquées. Si tu lisais de la romance, tu le saurais. Cela ne m'explique toujours pas ce que tu fais chez les Smith.

Je lève les yeux au ciel, après tout, elle ne pourra pas me reprendre, elle ne me voit pas.

— J'ai rencontré cet homme dans le cadre de mon travail, et nous sommes chez les Smith car il avait besoin d'une protection rapprochée et leur maison est hyper sécurisée.

J'espère que ça lui suffira comme explication. Je n'ai clairement pas le droit de lui expliquer que c'était le moyen le plus facile pour organiser une entrevue entre le président des États-Unis et l'ambassadeur du Terekstan. Heureusement pour moi, ma mère semble plus concentrée sur la partie qui ressemble à un film sentimental, que sur les enjeux politiques.

— Oh ! Tu es tombé amoureux de l'homme que tu dois protéger ! C'est follement romantique ! Cela veut dire qu'on va le voir à Noël ? Tu vas nous le présenter, n'est-ce pas ?

— Euh…

— Daniel Patterson ! Dis-moi que tu as invité ce jeune homme à passer Noël avec nous !

— On n'a pas vraiment eu le temps d'en parler… et puis…

— Je sais ce que tu vas dire. Tu as peur de l'effrayer, cela ne fait pas longtemps que vous êtes ensemble. Mais mets-toi un peu à ma place ! Je vis loin, c'est la première fois depuis longtemps que tu me parles de quelqu'un et je ne compte pas sur le fait que tu le ramènes chez nous prochainement, on sait très bien que ça n'arrivera pas avant des lustres. Dis-toi que c'est un excellent test. Si ce jeune homme, comment s'appelle-t-il d'ailleurs ?

— Erik.

Son nom fait venir un sourire sur mes lèvres.

— Si cet Erik a peur d'affronter tes parents autour d'une dinde et de mon pain de maïs, c'est qu'il n'est clairement pas à la hauteur.

Tout à coup, la vision d'Erik attablé avec nous ne me paraît pas si incongrue. Je sais qu'il y a toujours l'ombre de son départ qui plane sur nous, mais est-ce que cela nous empêche de passer les fêtes ensemble ? Je ne crois pas. S'il nous reste peu de temps à vivre à deux, autant le combler avec des moments agréables que je pourrai garder en souvenir.

Je discute encore quelques minutes avec ma mère puis raccroche. Je remonte à notre chambre, me demandant comment je vais aborder le sujet avec Erik. Je suis stressé, et pourtant il n'y a rien d'exceptionnel à demander à l'homme qui partage mon lit s'il accepterait de prendre un repas avec mes parents.

Erik est sous la douche quand j'entre dans ce qui est devenu notre cocon, ces derniers jours. Je décide que je lui parlerai plus tard. J'attrape un short de sport, mes baskets et me rends dans la salle de gym privée des Smith. Pousser un peu de fonte m'aidera à calmer mon appréhension. Est-ce qu'il pourrait vraiment refuser ? Noël n'est que dans quelques jours. La situation pourrait évoluer vite au Tereks-tan, mais pas au point qu'il doive mettre les voiles avant les fêtes. On n'efface pas des décennies de dictature en une soirée de manifestations.

Une heure plus tard, je franchis en sueur la porte de notre chambre.

— Erik ?

Seul le silence me répond. Il doit être ailleurs dans la maison. Probablement même qu'il est déjà au travail, lui. Je n'ai pas encore appelé Garrett pour faire le point, ni mis un pied dans la pièce au rez-de-chaussée qui a été investie par nos équipes.

Je me jette sous la douche, me lave rapidement et m'enroule dans une serviette. C'est au moment où j'ouvre le dressing où sont rangés nos vêtements que quelque chose m'interpelle. Une bonne partie des affaires d'Erik a disparu.

Je fronce les sourcils. Est-ce qu'il souhaite rejoindre son appartement payé par l'ambassade, maintenant que la menace de la mafia russe semble contenue ? Est-ce qu'il préférerait être plus proche de son lieu de travail, comme la situation est tendue ?

Je ne suis pas naïf au point de penser que nous allions rester éternellement chez les Smith, mais j'aurais aimé qu'il m'en informe avant de commencer à ranger ses affaires. Je sais que je suis probablement difficile, ce n'est pas parce qu'il a mis trois pulls dans un sac avant de me parler qu'il ne compte pas m'expliquer son choix.

Je m'habille, pressé de le retrouver et d'éclaircir ce point. Je traverse la chambre pour aller récupérer ma montre sur ma table de chevet quand mes yeux sont attirés par une feuille blanche pliée et déposée juste à côté.

Je la prends du bout des doigts et reconnais immédiatement l'écriture. Et là, mon monde s'écroule.

CHAPITRE 24

ERIK

Je n'ai jamais aimé les adieux et pourtant j'ai l'impression de passer ma vie à quitter tout ce que j'aime : mon village, ma famille, mes amis, mon pays et maintenant Dan. Car c'est une évidence, en quelques jours, cet homme exaspérant a réussi à me rendre accro. Alors, faisant preuve de la plus grande lâcheté, lorsque je le sens bouger contre moi, je fais semblant de dormir.

Il se lève délicatement et soudain les draps sont froids. Quelques minutes plus tard, il quitte la chambre et moi je roule de son côté du lit ; mon visage dans son oreiller roulé en boule, je respire son odeur. J'ai beau être un incurable optimiste, je sais que c'est pour la dernière fois. Car même si je survis à la révolution, même si nous sortons victorieux de la bataille, il ne me pardonnera sans doute jamais ce que je vais lui faire : partir sans prendre le temps d'un au revoir.

Une douche rapide, quelques affaires dans un sac à dos, j'enfile un survêtement et mes chaussures de course. Ainsi vêtu, je devrais pouvoir passer le garde qui se tient à l'entrée de la résidence, sans qu'il ne me pose de questions. Un dernier regard vers le lit et je ne sais plus comment respirer.

Je ne peux pas partir comme ça. Je tire la chaise et m'installe devant le bureau que Mme Smith avait fait installer dans notre chambre pour que nous puissions travailler en paix. Une fois les dossiers poussés, j'installe une feuille blanche sortie de l'imprimante et fouille dans le tiroir à la recherche d'un stylo. J'y découvre un assortiment de feutres de couleurs fluo, sans doute abandonnés par les petites filles du sénateur. Le bleu à paillettes fera l'affaire… enfin, si j'arrive à trouver les mots pour lui écrire.

Dan,

Moi qui ai rédigé des centaines de discours, je suis à court d'inspiration. Que puis-je écrire à cet homme qui a bouleversé ma vie ? Le stylo à la main, je ferme les yeux à la recherche d'une phrase parfaite qui pourrait lui faire comprendre que, dans un monde idéal, je resterais là, à ses côtés, pour nous donner une chance, mais que la réalité de ma vie est telle que je n'ai pas le choix.

Une petite voix me dit que si, je l'ai. Je pourrais laisser Eren s'envoler tout seul vers son destin et tenter ma chance ici, avec cet homme qui me fait chavirer. Je la réduis au silence. Elle a raison, j'ai bien le choix, mais pas si je veux pouvoir me regarder en face. Pas si je dois faire un choix entre mon meilleur ami, le combat de toute ma vie et un bonheur égoïste.

Merci. Merci pour ces quelques jours de bonheur.

Grâce à toi, je n'oublierai jamais ce pour quoi je dois me battre.

Sois heureux.

Je signe le mot de mon seul prénom et plie la feuille de papier en deux. Vite, avant de me dégonfler et de partir sans même lui laisser ce mot, j'abandonne ce petit coin de paradis et descends quatre à quatre les marches jusqu'au rez-de-chaussée. À grandes enjambées, je traverse la maison jusqu'à la porte principale. C'est en courant que je passe devant le garde de service à qui je fais un signe amical de la tête. Je continue de courir jusqu'au deuxième croisement et là, je sors mon téléphone pour appeler un taxi. Dans ce quartier aussi résidentiel, je n'ai pas longtemps à attendre avant qu'une belle berline s'arrête à ma hauteur. Je lui donne l'adresse de mon logement de fonction et le temps de nous y rendre, je trouve une boutique en ligne pour envoyer un énorme bouquet de fleurs à Mme Smith. Je l'accompagne d'un mot la remerciant pour son accueil et de mes excuses pour ne pas l'avoir saluée, avant mon départ précipité.

Quelques minutes plus tard, c'est le chauffeur du taxi qui me sort de mes pensées.

— Je crois qu'il va falloir que vous finissiez à pied, me dit-il en montrant du doigt les voitures immobilisées devant nous.

Nous ne sommes plus qu'à quelques pâtés de maisons de chez moi, alors j'accepte sa proposition et le temps de le payer, je l'écoute se plaindre de la circulation infernale de Washington en me contentant de hocher la tête.

En sortant du taxi, je suis assailli par une odeur étrange… soudain j'imagine le pire… pour en avoir le cœur net, j'accélère le pas jusqu'à arriver au coin de ma rue. Une voiture de police en bloque l'accès alors que l'équipe d'un camion de pompier combat un gigantesque brasier. Me mêlant à la foule des curieux qui sont tous en train de filmer les soldats en pleine action, ce que je vois confirme mes doutes : c'est bien l'immeuble de l'ambassade qui brûle.

Pas loin du cordon de police, une ambulance et un autre camion du service des premiers secours sont garés en travers de la route. J'avance à travers la foule jusqu'à apercevoir plusieurs brancards autour desquels s'affairent des soignants. Je reconnais certains de mes voisins qui, comme moi, font partie du personnel de l'ambassade. Mais ce qui me glace, ce sont les civières posées au sol, celles recouvertes d'un drap, celles autour desquelles plus personne ne s'affaire.

Mon téléphone vibre dans ma poche. C'est Eren…

— Ne repasse pas par l'ambassade, aboie-t-il lorsque je décroche.

— Trop tard.

— Éloigne-toi de là au plus vite et saute dans le premier taxi, le vol a été avancé, on décolle dès que tu arrives.

Je me fonds de nouveau dans la foule pour m'éloigner du lieu du désastre puis reprends ma course jusqu'à la prochaine grande intersection où j'attrape un nouveau taxi pour me rendre à l'héliport de South Capitol Street.

Alors que je reprends mon souffle, mon téléphone vibre à nouveau.

Cette fois-ci ce n'est pas Eren, mais Dan.

Je l'imagine debout dans notre chambre… a-t-il vu mon mot ? Dans quel état est-il ? Déçu, navré, furieux, fou de rage… un peu de tout ça, j'imagine ? Je résiste à la tentation de répondre. Je ne veux pas lui parler. Pas maintenant. C'est trop tôt. La blessure que je me suis infligée en m'enfuyant comme un voleur est trop fraîche. Mais son appel est une bonne chose, il me fait penser qu'en l'état actuel, je suis repérable. Après m'être assuré que son numéro de portable était enregistré sur mon téléphone, mais surtout gravé dans ma mémoire, je sors la carte SIM de mon appareil, la plie en deux pour briser les circuits puis la jette par la fenêtre.

Les yeux fermés, je tente de me concentrer sur la liste des choses que nous allons devoir faire une fois arrivés au pays. Elle est assez longue pour m'occuper jusqu'à mon arrivée à l'héliport où je retrouve Eren. Il semble avoir pris dix ans dans la nuit. Il n'a manifestement pas le temps de me raconter ce qu'il se passe, car on nous fait déjà signe de nous hâter. Sans poser de question, je le suis jusque dans l'hélico. Comparé au temps qu'il nous aurait fallu en voiture, le trajet jusqu'à l'aéroport n'est pas long.

Quelques formalités, et nous nous installons dans un jet luxueux. La nationalité du personnel de bord me permet de deviner quel est celui de nos riches soutiens qui financent notre voyage. C'est un homme d'affaires qui dispose d'une immense propriété juste à proximité de la capitale du Terekstan. Une propriété assez grande pour avoir son propre aérodrome. D'un côté, je suis rassuré de savoir qu'après une douzaine d'heures de vol, nous n'aurons pas à crapahuter à travers la campagne pour rejoindre la capitale. D'un autre, je me demande ce que nous lui avons promis en contrepartie de cette faveur. Mais ce n'est ni le lieu ni l'heure d'interroger Eren à ce sujet.

Les moteurs vrombissent alors que nous nous envolons, pour la seconde fois de la journée, au-dessus de Washington.

Eren se penche en avant, les coudes sur les genoux, la tête dans les mains. Je me penche vers lui et murmure :

— Que s'est-il passé ?

Il relève la tête pour me répondre. Il est défait, les yeux pleins de larmes qu'il tente de refouler. Il prend une grande respiration et puis secoue la tête comme si sa douleur était indicible.

En imaginant le pire, je prends une de ses mains dans les miennes.

— Il y a des victimes à l'ambassade ?

Il hoche la tête et lutte encore contre les larmes.

Notre Président actuel vient de signer son arrêt de mort.

Tenter de nous faire la peau, à Eren et à moi, je n'irais pas jusqu'à dire que c'était normal, mais, c'était de bonne guerre. Nous sommes la tête du monstre qui l'attaque et tente de lui voler la direction du pays, nous viser avait du sens… mais le personnel de l'ambassade…

Eren lutte encore contre les larmes lorsque l'hôtesse fait son apparition. Après un rapide coup d'œil vers mon ami, elle se tourne vers moi. Je lui fais signe de la tête pour l'inviter à nous quitter. Elle pointe du doigt un petit bouton qui doit servir à l'appeler si nous avons besoin d'elle puis disparaît à nouveau derrière le rideau.

J'attends qu'Eren s'endorme, terrassé par la fatigue, puis me lève pour me dégourdir un peu les jambes. Je marche jusqu'au fond de l'appareil. L'hôtesse, qui lisait à son poste, se lève aussitôt et m'interroge du regard.

— Un double scotch, s'il vous plaît.

Silencieusement, elle me prépare mon verre puis regarde en direction de la cabine.

— C'est Eren Burshta ? demande-t-elle.

Je hoche la tête.

— Il nous faudrait un homme comme lui, à la tête du pays, murmure-t-elle.

Je me prends à espérer que le reste du Terekstan pense comme elle.

CHAPITRE 25

DAN

Cela fait un moment que je n'ai pas participé au briefing matinal avec les équipes. C'est une sensation étrange. J'ai à la fois l'impression que rien n'a changé, comme si cette parenthèse avec Erik n'était qu'un mauvais rêve, et la sensation que tout est différent. Pourtant, ce sont les mêmes collègues, la même salle, et si le sujet diffère, bien entendu toujours les mêmes analyses. Une crise quelque part, on discute des informations fournies par la CIA ou nos autres sources. On fait le point sur les actions à mener… ou pas.

Les images satellites du Terekstan apparaissent sur l'écran, suivies de vidéos bien souvent amateurs récupérées sur les réseaux sociaux ou par des informateurs sur place. Je me surprends à les éviter, comme si l'une d'entre elles pouvait contenir le visage de celui auquel je me refuse de penser. C'est ridicule, quelle serait la probabilité ? Il est reparti dans son pays au milieu de millions d'anonymes. Et si Eren a fait quelques apparitions judicieusement orchestrées, pas de trace d'Erik. Il doit opérer dans l'ombre. Faire quoi au juste ? Son travail, sans aucun doute. Et je suppose qu'il ne perd pas beaucoup de temps à penser à moi. Pourquoi le ferait-il ? Il n'a même pas pris celui de me dire au revoir. Et c'est ça qui fait le plus mal.

Que notre histoire n'ait pas eu le même impact pour lui que pour moi, je peux le comprendre. Mais qu'il me quitte comme on quitte le lit d'un amant d'un soir, qu'on a sauté juste parce qu'on avait la gueule de bois, ça me reste en travers de la gorge.

C'est exactement ce que tu as fait, le premier soir... me rappelle ma conscience.

Les circonstances étaient différentes. Je ne savais pas qui il était, je ne savais rien de lui. Aucun de nous deux ne s'était livré, n'avait ouvert son âme à l'autre. Alors que là... J'ai cru à tort que nous avions quelque chose de spécial, une connexion. Elle n'existait que dans ma tête, c'est certain.

Je savais bien que dans notre relation, dès le départ, nous étions plus que lui et moi. Nous étions un ménage à trois avec son pays, son engagement. Les chiffres impairs, ça marche rarement bien. Je l'avais pourtant accepté, même si je savais au fond qu'il me quitterait pour lui. J'estimais être au moins à la hauteur d'un au revoir.

Merci pour ces quelques jours de bonheur.

On dirait un mot griffonné au dos d'une carte postale que tu envoies à des amis qui t'ont prêté leur maison au bord de mer. Et je n'ai même pas eu le droit à la boîte de chocolat qui va avec.

— Et au niveau de l'incendie de l'ambassade, on en est où ? demande Garrett, me sortant de ma rêverie.

Heureusement, la question ne m'est pas destinée. Je suis officiellement relevé de toute fonction officielle concernant cette affaire. À vrai dire, je ne suis même pas obligé d'être là. Il faut croire que j'aime juste me torturer.

— La police a arrêté les gars qui ont été vus sur la vidéosurveillance du coin de la rue, explique Seth. Mais ça ne donne pas grand-chose. Un groupe d'immigrés d'Europe de l'Est qui ont été payés pour aller mettre le feu. Tout était fourni : les plans de l'ambassade, le matériel, mais ils n'ont jamais rencontré le commanditaire. Tout s'est passé sur le dark web.

— On a pu tracer les paiements ?

— Pas de réponse claire, pour l'instant. Dès qu'on tire sur une ficelle, on arrive à une autre énigme. On enchaîne les virements entre comptes offshores de sociétés bidon.

Garrett renâcle.

— C'est un paradoxe. Le fait que ce soit si élaboré pointe forcément vers un seul homme. Il faut des moyens pour arriver à couvrir ainsi ses traces. Et nous n'avons aucune preuve formelle pour l'incriminer alors que nous sommes certains que c'est lui.

Une des jeunes collaboratrices soupire :

— Le Président Terek a fait tuer certains de ses propres compatriotes pour essayer d'atteindre son rival et a en plus raté son coup. Comment peut-il arriver à se regarder dans une glace ?

— C'est le propre des guerres, explique Garrett. Il faut être prêt à sacrifier des gens, même dans son propre camp.

Pour la première fois depuis le début de la réunion, j'ouvre la bouche :

— Les hommes d'ambition ont rarement des scrupules.

Je perçois quelques regards surpris, mais je pense que c'est davantage parce qu'on avait presque oublié ma présence qu'à cause de mes paroles. Il n'y a que le regard de mon meilleur ami qui s'attarde sur moi avec de l'inquiétude.

D'ailleurs, à peine la réunion terminée, il me lance :

— Dan, tu peux me rejoindre dans mon bureau ?

J'obéis à sa question qui n'en est pas une. Je le suis, tout en espérant qu'il veuille me parler travail et pas autre chose. Il me fait signe de fermer la porte.

— Comment vas-tu ? demande-t-il.

— Bien, comme tu peux le voir. Content d'être de retour au bureau. Ne le prends pas mal, tes parents sont adorables, mais on est toujours mieux chez soi.

Il se laisse tomber dans son siège en soupirant.

— Putain, Dan, pas à moi !

Je cligne des yeux.

— Pardon ?

Ma question l'agace, il me fusille du regard.

— Épargne-moi ton numéro de bon petit soldat qui annonce qu'il n'y a rien à déclarer. Je suis ton ami, bordel ! Je vois très bien que ça ne va pas !

— Si tu as déjà tiré toutes les conclusions, pourquoi tu me poses la question ?

— Parce que je ne sais pas quoi faire pour que tu acceptes de me parler !

— Il n'y a pas grand-chose à dire.

— Au contraire, je pense qu'il y a beaucoup à dire et que comme d'habitude, tu gardes tout pour toi. Si c'est une qualité appréciable dans le travail, c'est autre chose dans la vraie vie, tu sais ?

Je hausse les épaules.

— Qu'est-ce que tu veux que je te dise ? Qu'une fois de plus, je me suis fait avoir ?

Garrett prend un instant avant de répondre :

— Je ne crois pas que ce soit une fois de plus, ou la fois de trop. Je crois que c'est la première fois que ça te touche comme ça. C'était spécial, non ?

Je m'assois bien que j'aie envie de m'enfuir au plus vite de ce bureau.

— Tu tentes de faire quoi, là ? Le psy ?

— De jouer mon rôle d'ami, de meilleur ami. Si tu n'en parles pas avec moi, avec qui tu en parleras ?

— Je ne suis pas sûr que ce soit une bonne idée d'en parler tout court, marmonné-je plus pour moi que pour lui.

Le silence s'étire, j'évite de regarder ce que fait Garrett. Mais il finit par annoncer :

— Je me suis dit que tu serais peut-être content de savoir qu'il est toujours sain et sauf.

— Tant mieux.

Je joue les indifférents, mais je ne le suis pas totalement. J'avoue qu'une part de moi est soulagée.

Je savais qu'il ne faisait pas partie des victimes de l'ambassade, mais je n'avais aucune information si ce n'est qu'il avait quitté le pays, grâce à l'aide d'un homme d'affaires Terek.

— Pour l'instant, ils vont faire profil bas, mais vu la tournure des événements, il se pourrait…

— Qu'il devienne le bras droit du prochain Président ? Tant mieux pour lui. C'est ce qu'il a toujours voulu, après tout.

Mon ton amer fait s'étirer un sourire sur les lèvres de Garrett.

— Quoi ? Ce n'est pas parce que nous ne sommes plus ensemble que je lui souhaite d'échouer dans ses projets. Au contraire, étant donné qu'ils sont si importants pour lui, autant qu'il réussisse.

— Tu es vraiment mordu… commente Garrett amusé.

— Et tu trouves ça drôle ? Je crois que tu es au courant qu'il est reparti vivre dans son pays à des milliers de kilomètres d'ici. Avec un peu de chance, son pote deviendra Président et il a tout un système à remettre sur pied. Des millions de gens qui comptent sur lui. Alors ça va changer quoi que je sois tombé amoureux de lui ? Absolument rien.

Le mieux serait donc qu'on arrête de parler de ce mec qui n'a clairement pas la même estime pour moi que celle que j'ai pu avoir pour lui. Sinon, il aurait au moins pris le temps de me dire au revoir !

Je finis ma tirade presque en criant, surpris de ma propre colère, tout comme Garrett.

— C'est donc ça, il n'a pas pris le temps de dire au revoir…

Je me lève et repousse la chaise derrière moi.

— Tu sais quoi, Garrett, je n'ai vraiment pas envie de parler de ça. Pour moi Erik n'est rien de plus qu'un témoin que j'ai dû protéger. Ma mission est terminée, j'aimerais que l'on n'en parle plus.

Je quitte son bureau pour rejoindre le mien tout en sachant que même si tout le monde accepte de ne plus prononcer son nom en ma présence, ce n'est pas pour autant que je vais arriver à l'effacer de ma mémoire.

CHAPITRE 26

ERIK

ujourd'hui, c'est le grand jour. Quoi qu'il arrive, la matinée sera décisive. Dans quelques heures, nous allons risquer le tout pour le tout, car les émeutes ont assez duré. Si tout va bien, ce soir, le président Orazov ne dormira pas au palais présidentiel. Et si rien ne va... autant ne pas y penser.

Il y a quelque chose que je repousse depuis mon arrivée au Terekstan. Je dois le faire aujourd'hui. Va savoir si j'aurai une autre occasion. Pour la centième fois depuis mon retour, je compose son numéro sur mon téléphone satellite sécurisé. Je le connais par cœur. Il ne me reste plus qu'à appuyer sur un bouton pour passer l'appel. Six heures du matin ici, c'est 21h30 à Washington D.C. À cette heure-ci Dan est encore réveillé.

Les jours précédents, je n'ai pas dépassé cette étape. La plaie était encore ouverte et il faut être honnête, j'avais peur. J'ai toujours la trouille, mais je ne veux pas avoir de regrets. Alors, j'appuie sur le bouton et après quelques secondes interminables, la première sonnerie résonne. Une deuxième, une troisième... peut-être ne va-t-il pas décrocher ? Mon cœur bat un peu plus vite, je suis suspendu à ce son strident qui se répète. Aux États-Unis, il y a tant d'appels de démarchage par téléphone que bien des gens ne répondent pas lorsqu'un numéro inconnu s'affiche. Sauf que là, il doit bien voir que ce n'est pas un appel local. Après la cinquième sonnerie, je bascule sur le répondeur.

« Pas disponible pour le moment, merci de laisser un message. »

Typique de Dan. Efficace et sans fioritures. J'hésite un instant, mais raccroche sans rien dire. Après tout, c'est peut-être mieux comme ça. Je repose le téléphone sur la table et soupire. Il est temps de me préparer. Sur le lit devant moi se trouve tout l'équipement avec lequel je dois m'harnacher aujourd'hui. Le gilet pare-balles doit bien faire ses quinze kilos. Il paraît qu'il faut ça pour éviter de se faire trouer la peau. J'ai une pensée émue pour tous ceux qui se baladent avec ce genre d'équipement sur le dos en été. Heureusement qu'aujourd'hui il fait froid. J'ai à peine terminé de me sangler que le téléphone sonne.

Sur l'écran, le numéro de Dan. Mon cœur saute dans ma poitrine.

— Dan ! dis-je en décrochant immédiatement.

— Erik ?

Est-ce le soulagement que j'entends dans sa voix ? Ou peut-être de l'agacement ? C'est tellement dur à dire alors qu'il n'a prononcé que mon prénom.

— Oui, c'est moi, je voulais…

Je voulais quoi, d'ailleurs ? Entendre le son de sa voix une dernière fois ? Lui dire que ces quelques jours avec lui ont été les plus heureux de ma vie ? Mais suis-je assez courageux pour le lui avouer ? Manifestement non, puisque les prochains mots qui sortent de ma bouche sont d'une banalité affligeante.

— … je voulais te présenter mes excuses pour être parti comme ça.

Dan ne répond pas, mais je sais qu'il est toujours en ligne, j'entends sa respiration. Ce silence, je ne lui reproche pas, mais plus il s'étire et plus ça fait mal.

— J'ai eu peur, avoué-je.

— Peur de quoi ?

Sa voix est tranchante. Mais à sa place, moi aussi je serais en colère.

— De ne pas trouver la force de partir.

Encore quelques secondes de silence, et puis un soupir.

— Je vois, murmure-t-il.

Mais je n'ai pas l'impression qu'il comprenne.

— J'ai voulu nous éviter un moment douloureux, tenté-je de me justifier.

— Tu as cru que j'allais te supplier de rester ?

J'hésite et puis je me lâche. Après tout, si je dois mourir dans quelques heures, autant être sincère.

— Je ne savais pas ce que tu allais faire, alors j'ai préféré rester dans le doute.

— Comment ça ? s'étonne-t-il.

— J'ai imaginé bien pire… que tu n'essaies même pas de me retenir, dis-je en riant amèrement.

— Et tu n'as pas envisagé une seule seconde que nous puissions jouer un autre scénario ?

C'est à mon tour de ne pas comprendre. Je secoue la tête puis me rends compte de l'absurdité de mon geste, nous ne sommes pas en visio.

— Non. Nous n'avions pas d'autre option.

— Imbécile, j'aurais pu partir avec toi !

— Mais…

Je reste sans voix.

— Tu n'as pas eu assez confiance en moi, confiance en nous pour nous donner une chance !

Il hurle dans l'appareil et continue sans me laisser une chance de l'interrompre :

— La lutte armée, c'est mon métier ! s'écrit-il. La rébellion urbaine, ma spécialité. J'ai passé des années dans les forces spéciales à participer à des actions éclair dans des milieux hostiles. En fait, je suis infiniment mieux préparé que toi à ce que vous allez faire aujourd'hui… c'est aujourd'hui que vous attaquez ?

Mon cerveau a bien enregistré la première partie de sa tirade. Il avait envisagé de partir avec moi. Il aurait donc tout quitté pour moi ?

Il aurait abandonné son poste pour partir dans un pays étranger pour une opération militaire, sans l'accord de sa hiérarchie. Son président est si frileux que j'imagine qu'il aurait exigé sa démission pour le laisser sortir du pays. Hors de question qu'un conseiller de l'équipe rapprochée de la Maison-Blanche dispose d'un congé sans solde d'un mois ou deux pour aller aider à un coup d'État.

Je voudrais lui dire à quel point ce qu'il vient de me dire me rend heureux.

Il aurait renoncé à sa vie pour me suivre, alors que moi je me concentrais sur l'avenir de mon pays en tirant un trait sur notre relation…

Je voudrais lui dire qu'il vient de faire de moi l'homme le plus heureux du monde.

Mais c'est la fin de sa phrase qui retient toute mon attention. Si son équipe a deviné que nous allions passer à l'action aujourd'hui, c'est qu'il y a eu des fuites. Et si l'information est arrivée jusqu'aux États-Unis, je ne doute pas un instant qu'elle circule aussi dans d'autres pays… dans mon pays. Allons-nous nous jeter dans la gueule du loup ? Cette mission est-elle déjà vouée à l'échec ? Alors, c'est presque en aboyant que je l'interroge :

— Qui t'a dit que nous allions attaquer aujourd'hui ?

Dan marque une pause et c'est sur un ton résigné qu'il me répond :

— Personne, dit-il. Votre opération est parfaitement étanche. Nous n'avons rien entendu qui laisse présager d'une opération imminente. La seule rumeur qui circule, c'est que toi et ton boss vous êtes de retour au pays et que vous n'avez pas intérêt à vous montrer en public.

— Mais alors comment, pourquoi…

— Parce que tu m'as appelé, dit-il. Je me dis que si tu as soudain ressenti l'envie ou le besoin de me parler ce soir, enfin ce matin pour toi, c'est que quelque chose se prépare. Mais ne t'inquiète pas, même si j'appelle Garrett juste après avoir raccroché, nous n'allons pas intervenir en faisant circuler l'information.

Merde, merde, merde… Je crois que je viens de tout gâcher une fois encore.

— Dan…

— Oui.

Le mot est sec et glacé.

— Tu as raison, je n'ai jamais imaginé que tu proposerais de me suivre.

Et c'est là où je dois faire un choix. Je pourrais lui dire que je l'aime et que sa colère est le plus beau cadeau qu'on m'ait jamais fait, que je suis le plus heureux des hommes… mais comme il l'a justement fait remarquer, je ne suis pas armé pour la mission que nous allons accomplir aujourd'hui. J'ai confiance dans notre garde rapprochée et dans la solidité de mon gilet pare-balles. Je sais que si j'étais joueur, je ne parierais pas sur mes chances de survie. Il va y avoir de la casse et, contrairement à la foule qui va marcher main dans la main à découvert jusqu'au palais présidentiel, je sais qu'il ne suffit pas d'avoir la foi pour échapper aux balles. Alors, je décide à mon tour de faire un geste pour lui : au lieu de lui avouer mes sentiments, je vais les nier. Pourquoi ? Parce que si ce soir je fais partie des cadavres qui jonchent l'avenue principale, alors la nouvelle sera moins douloureuse pour lui.

C'est sur un ton parfaitement désinvolte que j'achève ma phrase :

— Je ne l'ai même pas envisagé, parce que j'ai assez de respect pour toi pour savoir que tu n'es tout de même pas assez stupide pour sacrifier ta carrière et saborder ton avenir professionnel pour un coup de quelques soirs.

Sans lui laisser une chance de me répondre, je raccroche et jette le téléphone à travers la pièce.

À peine s'est-il explosé sur le mur que la porte de ma chambre s'ouvre sur celui qui est le conseil stratégique d'Eren. Il ferait un excellent ministre des Armées. Il regarde le téléphone en pièces sur le sol, puis voyant à ma mine que je ne prendrais pas bien la moindre question de sa part, se contente de dire :

— Nous partons dans deux minutes.

— Je suis prêt.

CHAPITRE 27

DAN

Je suis face à ma télé à essayer de me concentrer sur l'action en cours, une bière à la main, comme doivent l'être des milliers d'Américains à travers le pays ayant l'embarras du choix entre tous les bowls disputés par les équipes universitaires de football en cette saison. Pas sûr pourtant que beaucoup d'entre eux aient du mal à tenir le compte de touchdown parce qu'ils ont le cerveau occupé par un possible coup d'État qui pourrait avoir lieu de l'autre côté de la planète.

Pourrait avoir lieu, car je n'ai aucune idée de la situation.

J'ai décidé de ne pas aller au bureau, aujourd'hui. Officiellement, j'ai pris un jour de congé pour préparer l'arrivée de mes parents demain. Officieusement, je veux me tenir loin de toute source d'information qui pourrait parler du Terekstan. Que les nouvelles soient bonnes ou mauvaises, je ne souhaite pas les entendre.

Il m'a appelé hier soir. Je dois avouer que c'était la dernière chose à laquelle je m'attendais. Mais quand il l'a fait, j'ai immédiatement compris pourquoi. J'ai déjà vécu ce genre de situation. Avant de partir sur une mission pour laquelle on sait qu'il y a de grandes chances de ne pas revenir, on a tendance à faire le point, vouloir fermer quelques portes laissées ouvertes, en ouvrir d'autres. Faire la paix avec ceux qu'on a blessés bien souvent inutilement.

C'est pourquoi son appel n'a aucun sens. Pourquoi me téléphoner pour me confirmer que notre histoire n'était qu'une aire de repos sur la belle autoroute de son ambition ? Son départ sans un au revoir avait déjà envoyé le signal de façon claire et précise.

À moins que…

À moins qu'il ne m'ait pas tout dit.

Ou bien je suis en train de me monter la tête tout seul ? J'en suis à combien de bières ?

La deuxième uniquement et je n'en ai pas bu la moitié. Pas de quoi être rond comme une queue de pelle et commencer à divaguer.

Je soupire et essaye de comprendre où l'on en est du match. Est-ce qu'on joue au football au Terekstan ? Est-ce qu'ils appellent le soccer *football* comme en Europe ? Et pour celui que je suis en train de regarder, est-ce qu'ils précisent qu'il est américain ?

Mais à quoi je pense ?

Je me lève du canapé pour aller dans la cuisine. J'ouvre le frigo pour trouver quelque chose à manger, mais rien ne me fait envie. J'ai l'estomac noué et pas besoin d'être un fin limier pour deviner qui en est la cause.

Parce qu'il a beau m'avoir lancé que notre relation avait une date de péremption bien imprimée dès le départ, je ne peux m'empêcher de me faire du souci pour lui.

On sait très bien que le Président actuel ne va pas gentiment décider de démissionner -- ou devrais-je dire *abdiquer* dans son cas ? -- avec un sourire et une tape dans le dos d'Eren. Non, il va y avoir des combats, du sang et probablement des morts, des blessés. Et même s'il m'a brisé le cœur, je ne supporterais pas qu'Erik en fasse partie.

Son entraînement militaire est sommaire. De ce qu'il m'en a expliqué, il a suivi quelques cours de self-défense et de maniement des armes. Mais jamais il n'a eu à se battre pour sa vie de façon directe. L'attaque que nous avons subie à l'hôpital et celle dans la maison sécurisée sont ses seules expériences réelles. Il n'a jamais fait de combat rapproché, il ne connaît rien en stratégie de guerre. Je me doute bien qu'ils doivent avoir des hommes plus expérimentés parmi eux, mais cela ne suffit pas. S'il se retrouvait face à une arme pointée sur lui avec moins d'une seconde pour réagir, est-ce qu'il prendrait la bonne décision ?

Je suis sorti de ma rêverie par la sonnette de mon entrée.

Qui ça peut bien être ?

Je jette un coup d'œil à ma montre, Garrett est encore au bureau à cette heure-ci. À moins qu'il ne vienne m'apporter une nouvelle en direct ?

De l'acide remonte de mon estomac. S'il se pointe en personne, ce ne serait certainement pas pour m'annoncer une bonne nouvelle.

On sonne une deuxième fois, l'individu de l'autre côté de la porte s'impatiente. Il doit bien savoir que je suis là, car je suppose qu'on entend la télévision jusque sur le palier. Je fais un pas en direction de la porte, prêt à crier à la personne qui vient troubler ma journée de loque humaine que j'arrive, quand je vois que la poignée de la porte se baisse. Il y a un bruit métallique, comme si on essayait d'actionner la serrure.

Quelqu'un essaye de rentrer chez moi par effraction ?

Je fais demi-tour pour me précipiter vers le tiroir de la cuisine où je range un Glock. Je m'en saisis, enclenche le chargeur, retire le cran de sécurité. Puis je fais face à la porte d'entrée qui s'ouvre…

— Dan ? Tu es là, mon… Oh, mon Dieu !

Mon cœur rate un battement dans ma poitrine, quand la lumière du couloir éclaire la personne qui arrive dans ma direction, ou plutôt les deux personnes.

Un grand fracas s'ensuit et ma mère pousse un cri quand ce qui doit être une boîte de chocolats explose au sol. Immédiatement, je désarme mon pistolet et le coince à l'arrière de mon pantalon en jurant dans ma barbe.

— Quel accueil, marmonne mon père.

Punaise, qu'est-ce que mes parents font chez moi un jour plus tôt que prévu ?

— Dan Patterson ! crie ma mère une main sur sa poitrine. Heureusement que je ne suis pas cardiaque !

Je franchis les quelques mètres qui nous séparent pour aller la prendre dans mes bras. Elle s'accroche à mon cou comme un bébé koala. L'espace d'une seconde, en sentant son odeur de biscuits fraîchement cuits, j'ai l'impression d'être un petit garçon.

— Qu'est-ce vous faites là ? demandé-je alors qu'elle me relâche.

Ma mère m'explique pendant que j'échange une accolade avec mon père.

— On a décidé de venir un jour plus tôt, car ils prévoient une tempête de neige demain. On ne voulait pas prendre le risque de rater Noël avec toi… et ton chéri ! On a hâte de faire sa connaissance. Pas vrai, Jim ?

Merde… J'ai un peu oublié de tenir ma mère au courant des dernières évolutions de ma vie amoureuse.

Mon père hoche la tête, n'ayant probablement qu'une vague idée de quoi elle parle, mais il ne fera jamais rien pour la contredire.

— Tu n'as donc pas eu nos messages ? demande ma mère qui a déjà investi mon salon comme si elle était chez elle.

Elle tire sur les rideaux pour laisser entrer la lumière et elle commence à ranger la pile de journaux sur la table basse. Je me rends compte qu'effectivement, j'avais coupé mon téléphone, histoire de ne pas avoir de nouvelles de qui on sait…

— Maman, tu devrais laisser ça. J'allais ranger, mais je ne vous attendais que demain, dis-je en me grattant la tête.

Mon père m'adresse un regard qui signifie qu'il est désolé pour moi.

— Je ne t'en veux pas, mon chéri. Je sais que tu travailles dur, tu n'as probablement pas beaucoup de temps pour t'occuper de ton appartement. Mais justement, cette semaine, je suis là ! Bien que comme on t'a dit, on a prévu de loger à l'hôtel.

Son visage s'éclaire d'un air expectatif et d'un sourire.

— Oh ! Et est-ce que nous aurons l'occasion de faire la connaissance d'Erik dès ce soir au dîner ?

Le silence s'étire dans la pièce, ma gorge est nouée et le sourire de ma mère se fane au fur et à mesure des secondes qui défilent.

— Maman…

Je n'en dis pas plus. Elle s'approche de moi et pose une main sur mon bras.

— Oh, Dany, je suis désolée.

Je sais qu'elle le pense et je suis persuadé que dans sa tête à cet instant elle fusille Erik mentalement. Et je dois avouer que quelque part, ça fait du bien d'avoir quelqu'un qui sera toujours de mon côté, quoi qu'il se passe.

— Tu as envie d'en parler ?

Je secoue la tête.

— Bon, je vais aller dans la cuisine nous faire du thé. Jim, tu veux bien aller mettre la valise dans la chambre d'amis ?

Bon, on dirait que leur plan d'aller à l'hôtel tombe à l'eau. Est-ce que ça me dérange ? Je ne crois pas.

Je suis ma mère vers la cuisine et constate qu'elle fronce le nez dès qu'elle ouvre un de mes placards quasi vides. Mais je n'ai pas le temps de m'attarder très longtemps sur son inspection de mes stocks, parce que je vois mon téléphone éteint sur le comptoir. Je le rallume, histoire que si d'autres visiteurs décident de m'appeler avant de passer, je sois au courant cette fois. Je ne vois pas qui déciderait de faire ça, mais bon, c'était un peu enfantin de ma part de vouloir me couper du monde.

J'écoute mon répondeur pour effacer les quatre messages de mes parents m'annonçant leur arrivée imminente, quand mon téléphone se met à sonner pour un appel entrant.

Garrett.

— Oui ?

— Allume la télé.

Je jette machinalement un coup d'œil au score du match.

— Je ne te savais pas un fervent supporter des Huskies de Northern Illinois, plaisanté-je en constatant qu'ils sont en train de mettre une branlée à l'équipe adverse.

— Tu crois vraiment que je t'appelle pour discuter football ? Zappe sur n'importe quelle chaîne d'info.

Je m'exécute, n'ayant pas d'idée précise sur la raison pour laquelle il me demande de faire ça, mais ayant une petite idée du fait que ça doit avoir un rapport avec le pays d'un certain brun ténébreux. Le présentateur de la chaîne d'info a un ton grave et un bandeau rouge sur l'écran annonce des nouvelles exceptionnelles. Des images d'une chaîne étrangère apparaissent à l'écran et quand je comprends de quoi il s'agit, j'ai du mal à en croire mes yeux.

CHAPITRE 28

ERIK

Sur les marches du palais présidentiel, Eren tient sa première conférence de presse depuis la destitution du Président, il y a quelques heures. Je me tiens quelques pas derrière lui, avec le reste de sa garde rapprochée. Trois femmes et cinq hommes, des fidèles de la première heure. Tous ceux qui sont présents ont risqué leur vie et celles de leurs familles pour faire entrer notre pays dans le 21e siècle.

Par prudence, sur les toits autour de la place et face au palais, l'armée a déployé ses tireurs d'élite. Nous sommes à découvert, mais tout de même sous protection rapprochée. Nous avons cependant réussi à contraindre Eren à enfiler un gilet pare-balles.

Ainsi harnaché comme un chef de guerre, titre qu'il peut légitimement revendiquer depuis hier, Eren annonce au monde entier que nous allons organiser des élections. Elles seront encadrées par des autorités internationales qui pourront vérifier la parfaite transparence des opérations de vote et de comptage des voix. Des élections au cours desquelles les femmes auront le droit de voter. Il était temps ! Sur ce point, nous avons plus d'un siècle de retard sur certains de nos voisins.

Il présente aux caméras du monde entier, ainsi qu'à la foule rassemblée devant le palais, les trois femmes à qui il entend donner des positions dans son gouvernement, s'il est élu.

Sous des tonnerres d'applaudissements, elles viennent tour à tour se présenter. Deux d'entre elles ont fait des études à l'étranger, mais la troisième n'a jamais quitté le pays. Mariée de force à un homme plus vieux que son père et ce à un âge auquel les jeunes filles devraient encore jouer à la poupée, elle est la mère d'une douzaine d'enfants, qu'elle élève seule depuis que son mari a eu la bonne idée de succomber à une crise cardiaque. À tour de rôle, elles parlent des réformes qu'elles souhaitent engager chacune dans leur domaine de compétence : l'éducation, la santé et la justice.

Bien que ce soit tentant de se laisser porter par l'enthousiasme collectif, j'essaye de ne pas m'emballer. Ceux qui nous encouragent de la voix, ceux qui nous ont aidés à franchir les portes du palais présidentiel et à retourner l'armée, ne sont pas représentatifs de la totalité du pays.

Il y a encore, dans les provinces, bien des conservateurs, des hommes et même des femmes qui souhaitent que rien ne bouge. Prudents, ils sont prêts à se contenter du statu quo parce qu'après tout, même si la situation n'est pas parfaite, elle est moins dramatique que celle de certains de nos voisins qui s'entredéchirent depuis des décennies. C'est ceux-là qu'il va falloir convaincre.

Alors que j'observe la foule, je me torture en ressassant mon dernier échange avec Dan. Hier soir, lorsque la victoire était acquise, il était la première personne que j'ai eu envie d'appeler. Mais je me suis retenu. Si je veux que mon mensonge tienne, je dois cesser de le contacter. Ce ne serait juste ni pour lui ni pour moi. Je me demande tout de même s'il a suivi les événements récents. Si de son bureau à Washington, il suit cette conférence de presse. Ou si au contraire, il fuit toute information pouvant se rapporter à moi. Mais peut-être que j'apporte trop de crédit à ce que Dan ressent ou a pu ressentir pour moi.

Il n'empêche que j'aurais aimé partager ce moment d'euphorie avec lui. Et c'est bien ça qui m'inquiète. Combien de fois dans les semaines, les mois, les années à venir, ma joie sera-t-elle teintée d'une pointe d'amertume ?

La foule applaudit à nouveau, alors qu'Eren reprend la parole. Machinalement, je fais de même. Je dois me reconcentrer sur l'instant présent, chasser Dan de mon esprit. Bientôt, ce sera à mon tour de parler. J'ai interdit à Eren de me présenter comme son futur Premier ministre. Tout d'abord parce que, contrairement à lui, je doute d'avoir les épaules assez larges pour supporter le poids d'une telle tâche. Ensuite parce que je veux supporter seul le risque que j'ai décidé de prendre.

— Et maintenant, je vais passer le micro à Erik Astakupour. Erik a été mon bras droit, celui qui m'a soutenu dès le premier jour de mon entrée en politique, celui qui a fait preuve d'une loyauté sans faille et partage ma vision d'un Terekstan moderne.

Eren et moi avons longuement discuté de ma situation et, bien qu'il ait manifestement tout intérêt à ce que je garde un profil bas, il m'a laissé libre de mon choix. Si je veux combattre les préjugés à visage découvert, il ne me l'interdira pas.

J'avance vers le podium et ajuste le micro, histoire de me donner une contenance.

— Mesdames, Messieurs, aujourd'hui nous tournons une page de l'histoire du Terekstan. C'est une nouvelle aube pour les femmes. À partir d'aujourd'hui, votre voix comptera autant que celle des hommes… certaines m'ont déjà dit qu'elles allaient perdre au change…

Quelques rires fusent dans l'assistance.

— Mais celles-là savent déjà que jusqu'à ce jour, elles étaient les exceptions. Les femmes ne sont pas les seuls membres de notre société que nous avons besoin de protéger. Il y a aussi tous les autres qui jusqu'à présent ont été obligés de se cacher, parfois même de leur propre famille.

Alors que je poursuis mon discours, j'espère être entendu par ceux qui ont un frère, une sœur, un enfant qui n'est pas dans les clous de notre société et qu'ils aiment assez pour les avoir aidés, jusqu'à ce jour, à garder leur secret.

— Et si j'insiste aujourd'hui sur ce point, c'est de façon parfaitement égoïste…

Soudain, le silence absolu se fait sur la place. Certains retiennent leur souffle en attendant de voir s'ils ont bien compris ce que je viens de dire. Alors pour dissiper tous les doutes, je me dévoile un peu plus. Je leur raconte comment, très jeune, j'ai craqué pour mon instituteur et deviné que je ne devais en parler à personne. Comment, à l'adolescence, j'ai enfin compris que je n'étais pas seul à ne pas aimer comme il fallait et appris à reconnaître ceux qui étaient comme moi.

— Aujourd'hui, j'assume. Je dois vous avouer que j'ai rencontré quelqu'un qui m'a fait croire que c'était possible. Il m'a montré ce que pourraient être nos vies dans un pays libre. Lui aussi a connu, d'une façon différente, la nécessité de se cacher à une époque de sa vie. Mais aujourd'hui, il est libre d'aimer qui il souhaite et c'est ce que je souhaite à tous les ressortissants de notre beau pays.

Quelques sifflets, puis une voix s'élève pour demander :

— Qui est l'heureux élu ?

Je ne m'attendais pas vraiment à la question, bien que j'en aie sûrement trop dit pour qu'on ne me la pose pas. Est-ce que je devrais dire la vérité ? Mentir ? Botter en touche en me cachant derrière le respect de ma vie privée ? Les Tereks méritent mieux que ça. Alors je soupire, m'appuie sur le pupitre et dis :

— C'est un Américain, un militaire que j'ai rencontré quand je travaillais à l'ambassade à Washington. Je n'ai qu'un seul regret en ce qui le concerne, celui d'avoir dû partir sans lui dire au revoir, sans lui dire à quel point il comptait pour moi et combien il a changé ma vie.

Je secoue la tête avant de poursuivre avec un rire triste :

— Et vous savez quoi ? Même s'il regarde les informations ce soir, comme il ne comprend pas notre langue, il ne saura même pas que j'ai parlé de lui.

Il y a quelques rires, des froncements de sourcils aussi. Mais c'est le cœur plus léger que je rends le micro à Eren qui me donne une accolade.

— Dan ferait bien d'apprendre le Terek, me glisse-t-il à l'oreille.

Je lui souris et reprends ma place derrière lui. Mon téléphone vibre dans ma poche. Mon cœur s'accélère. Toutes les personnes qui disposent de ce numéro sont là, autour de moi, sur l'estrade, toutes sauf une qui pourrait l'avoir enregistré après mon dernier appel : Dan.

Discrètement, je sors l'appareil de ma poche et zieute l'écran sur lequel s'affiche un message.

Je ne parle pas un traître mot de Terek, c'est vrai, mais je vis dans un pays où nous disposons de traducteurs.

Mon expression neutre est de plus en plus dure à tenir quand les messages suivants s'enchaînent :

Félicitations à Eren. Je suis heureux de voir votre pays s'engager sur la route de la démocratie.

Il va gagner, j'en suis certain.

Et bravo à toi aussi.

Il se passe quelques secondes avant que les messages d'après n'apparaissent.

Ton aveu était très courageux. Tu es un exemple pour toute notre communauté. J'espère de tout cœur que tes compatriotes en profiteront pour faire un pas en avant. Je suis fier de toi.

Mon cœur se gonfle sous le compliment, mais puis-je me contenter de ça ?

J'aimerais bien plus, mais je ne crois pas qu'il soit prêt à me le donner.

CHAPITRE 29

DAN

J'enfile ma veste de costume pendant que ma mère me demande, les sourcils froncés :

— Ça ne pouvait pas attendre ?

— On ne fait pas attendre le président des États-Unis d'Amérique, Maman.

Même si elle a cuisiné une excellente dinde.

— Mais tout de même, c'est Noël !

Mon père pose une main sur son épaule et sourit.

— Lynn, sois plutôt fière que ton fils soit devenu quelqu'un dont le Président ne peut pas se passer, un jour comme aujourd'hui.

Je dépose un baiser sur sa joue pour faire disparaître son air inquiet et promets :

— Ça ne sera pas long. Je doute que l'entretien dure plus d'une dizaine de minutes, il n'y a que 20 minutes de route jusqu'à la Maison-Blanche et je ne vais pas être embêté par la circulation. Les contrôles de sécurité devraient être vite expédiés également.

Quelques minutes plus tard, alors que j'ai passé les grilles de la résidence officielle du Président, je patiente dans un petit bureau avec un membre des services secrets. Je lui ai remis au préalable mon téléphone. J'ai tout juste eu le temps de lire un message de Garrett répondant à ma question demandant s'il savait pourquoi j'étais convoqué. Il n'en a aucune idée. Ce n'est pas la première fois que je vais rencontrer le Président, mais à quasiment toutes les occasions précédentes, mon meilleur ami était avec moi. Ce qui me fait vraiment me questionner sur ce que je fais là, sans lui.

— Le Président va vous recevoir, m'annonce l'agent.

Il m'escorte vers l'aile ouest du bâtiment, et alors que je m'attendais à ce que l'entretien se passe dans une salle de réunion quelconque, on m'ouvre la porte du bureau ovale, ni plus ni moins.

Une fois encore, ce n'est pas ma première fois en ces lieux, mais tout de même… qu'est-ce que je fais ici ?

J'ai vécu plus d'une situation stressante dans ma carrière, mais celle-ci vient de passer dans le haut de la liste. J'ai l'impression qu'il fait 2000 degrés dans ce bureau, je me mets à transpirer. Et maintenant, je fais quoi ? Il n'y a personne. Dois-je rester debout ? M'asseoir ? Je fixe le canapé d'un air ahuri en pensant que des personnalités parmi les plus influentes au monde se sont assises ici.

Je crois que l'agent secret a compris mon manège car il me dit :

— Vous pouvez vous asseoir, capitaine Patterson.

J'obtempère, les secondes me paraissent des heures. Et quand la porte s'ouvre, je bondis sur mes pieds. Le Président entre et je porte immédiatement ma main à ma tempe pour le saluer militairement. Il sourit et lance :

— Bonjour, capitaine Patterson, merci d'avoir répondu à ma demande d'entretien si rapidement.

J'ouvre la bouche, et ne trouvant rien de spirituel à répondre, je me contente de :

— Bonjour, Monsieur le Président.

Je suis un peu décontenancé par son allure. Non pas que j'imagine le Président tout le temps en costume, mais là… il porte un pull de Noël !

— Asseyez-vous, j'ai à vous parler. Je sais que j'ai probablement bousculé vos plans de la matinée, alors je vais tâcher d'être bref. En plus, je suis attendu par ma femme et le reste de ma famille pour déjeuner à Camp David. Mais elle me pardonnera quelques minutes de retard puisqu'en premier lieu, c'est elle qui a eu l'idée de cet entretien.

Si j'étais perdu auparavant, je le suis encore davantage. Comment se fait-il que FLOTUS[1] ait suggéré quoi que ce soit me concernant ? Je ne suis même pas certain qu'elle ait connaissance de mon existence.

— Je sais que vous êtes au courant de la situation au Terekstan vu l'implication de vos équipes, notamment lors de mon récent entretien avec Eren Burshta, chez les Smith.

Je hoche la tête.

— J'ai eu M. Burshta au téléphone hier, puisque les États-Unis ont reconnu officiellement son gouvernement de transition. Il n'y a plus de raisons de nous parler en secret. M. Burshta m'a rappelé sa volonté d'organiser des élections libres dans son pays d'ici à quelques mois, et sollicite l'aide de plusieurs États dont le nôtre pour envoyer des observateurs électoraux.

À nouveau, j'opine du chef. Je ne vois vraiment pas où il souhaite en venir.

— L'ONU va être également sollicitée ainsi que des ONG, spécialisées dans les droits de l'homme et la démocratie. Je suis heureux de constater que M. Burshta tient les engagements qu'il avait évoqués lors de notre rencontre.

— C'est effectivement très encourageant.

— Vous savez que ma femme est très amie avec Barbara Smith ?

— Euh… j'en ai entendu parler, c'est vrai.

Comment est-on passé des élections au Terekstan à l'amitié entre Barbara et la femme du Président ? Aucune idée.

— Ma femme a aussi le don de lire dans mes pensées, ce qui d'ailleurs devrait être étudié par le FBI, parce que c'en est terrifiant par moments, plaisante-t-il. Bref, je songeais justement au fait de devoir désigner un observateur de notre pays, quand elle m'a parlé de vous.

— De moi ?

— Ma femme est une grande romantique dans l'âme et a peut-être été émue par une certaine histoire d'un conseiller de l'ambassade Terek, qui serait tombé sous le charme d'un de nos ressortissants.

— Euh…

— Elle a peut-être suggéré que puisque j'ai sous la main un officier de nos Marines qui s'est déjà brillamment illustré en servant son pays et qui, semblerait-il, a un certain intérêt pour la cause Terek, j'avais déjà une personne parfaite pour le poste.

Son regard me fixe d'une telle façon qu'il est impossible que je ne comprenne pas qu'il parle de moi.

— Je… je ne sais pas quoi dire… Je ne suis pas certain de mériter…

— Il semblerait que oui, mais si ça vous fait plaisir de penser que je vous fais un cadeau de Noël, faites comme vous voulez. En tous cas, vous feriez plaisir à ma femme si vous me donniez un oui dès à présent. Sans vouloir vous mettre la pression.

Des milliers de choses se bousculent dans ma tête. Moi ? Observateur mandaté par les États-Unis pour surveiller les élections au Terekstan ? Oui, la mission me plairait, mais… Je repense aux mots d'Erik. *Tu ne saborderais pas ta carrière pour moi.* Il n'est pas question de saborder ma carrière, à l'instant, plutôt le contraire. Mais si j'accepte, je vais devoir aller au Terekstan… et que faire s'il ne souhaite pas me voir ? Est-ce que me rendre compte qu'Erik ne veut effectivement plus de moi me rendrait encore plus malheureux ? Peut-être pas. Parce qu'à passer mes journées à me demander s'il pensait véritablement ce qu'il m'a dit, ce n'est pas mieux. Au moins, je pourrais clôturer cette histoire. Alors avant de changer d'avis je m'entends dire :

— J'accepte, Monsieur le Président.

— Superbe !

Il se lève et me tend la main.

— Maintenant, si vous voulez bien m'excuser, Marine One est prêt à décoller. La dinde, ce n'est jamais super quand c'est trop cuit.

— Ma mère serait d'accord avec vous, dis-je avant même de me rendre compte que ce n'est pas parce qu'il semble détendu aujourd'hui que je peux me laisser aller à des confidences.

— Certainement une femme pleine de conseils avisés. Qui a en tout cas des raisons d'être fière de son fils.

— Merci, Monsieur le Président.

— Joyeux Noël, capitaine Patterson.

— Joyeux Noël, Monsieur le Président.

La seconde suivante il a disparu.

Je rentre chez moi dans un état second. Je n'ai même pas l'idée d'appeler Garrett pour discuter de cet entretien ni du fait que je viens d'accepter un poste qui va le laisser sans aide de camp. Je pousse la porte de mon appartement et me rends compte que mes parents ont dressé la table, mais qu'ils ont l'air sur le qui-vive.

— Alors, que t'a dit le Président ? demande ma mère d'une voix stridente qui dénote son stress.

— Que tu as des conseils avisés.

Mes parents échangent un regard consterné. Ça y est, ils pensent que je suis dingue.

— Il m'a offert un poste, me reprends-je.

— Un poste ?

Je leur fais un rapide topo de mon entretien.

— Oh, mon chéri, mais c'est merveilleux !

— Tu es consciente que pour ça, je vais devoir aller passer plusieurs mois au Terekstan ?

— Eh bien, ce ne sera pas pire que lorsque tu étais en opération je ne sais où. Ni même quand tu es ici et que tu trouves toutes les excuses du monde pour ne pas venir nous rendre visite.

— Je suis désolé, Maman.

Elle me sourit tendrement.

— Ne sois pas désolé. On ne fait pas des enfants pour les garder chez soi toute la vie. On apprécie aussi les savoir heureux ailleurs. Et si c'est au Terekstan, alors soit.

— Je ne sais pas si…

— Si Erik et toi vous pourrez recoller les morceaux ?

Je hoche la tête.

— Je ne sais pas lire dans l'avenir, mais je pense surtout que ça vous donnera une bonne occasion de discuter franchement. Peut-être que tu pourrais lui avouer tes sentiments, bien que je sois certaine qu'il est déjà au courant, vu sa réaction.

J'ai fini par discuter avec elle de notre dernière conversation.

— Qu'est-ce que tu veux dire par là ?

— Il ne t'est pas venu à l'idée qu'Erik t'a peut-être repoussé pour te préserver ? T'empêcher d'abandonner ta vie ici, ton travail, tes amis parce qu'il ne voulait pas t'obliger à faire un choix ?

— Je ne suis pas sûr que tu aies raison. Il n'a jamais dit qu'il…

— Qu'il t'aimait ? Tu le lui as dit, toi ?

Je secoue la tête.

— Alors, va au Terekstan ! Va le lui dire ! Et je suis presque certaine qu'il pense la même chose. J'en ai discuté avec Barbara et elle est d'accord avec moi.

— Tu as discuté de ça avec Barbara ?

Elle roule des yeux.

— Bien entendu ! Elle aussi a le cœur brisé de penser que vous êtes séparés alors qu'elle a assisté aux balbutiements de votre histoire d'amour !

Je ne sais pas si je dois être amusé, flatté ou terrifié que ma mère, Barbara et la femme du Président se préoccupent autant de ma vie amoureuse. Je me frotte l'arête du nez et ma mère lance :

— Écoute un peu les conseils de ta mère, d'après le leader de ce pays, ils sont avisés.

À mon tour de lever les yeux au ciel, elle ne va plus nous lâcher avec ça.

— Et passons à table, on a une dinde à manger avant de préparer ton départ.

CHAPITRE 30

ERIK

Assis à mon bureau, je contemple les dossiers qui s'amassent sur ma gauche et respire profondément. J'avais beau savoir qu'aucune réforme ne se fait sans l'aide de l'administration, je n'avais pas imaginé la quantité de paperasse que j'aurais à gérer. Quand je suis optimiste, je me dis que c'est juste la mise en route et que plus tard, lorsque le gouvernement sera sur les rails, tout sera plus fluide.

Je crains fort de me mentir à moi-même.

Je signe l'autorisation demandée et place la feuille paraphée sur la pile de droite que mon assistant viendra chercher tout à l'heure.

Trois coups frappés sur ma porte ouverte et je lève les yeux sur Eren, une tasse fumante dans chaque main.

— Dis-moi que c'est un café bien serré, lancé-je en souriant.

Il hoche la tête.

— Fort à réveiller un mort, répond-il en s'avançant vers moi.

Il pose une tasse sur mon bureau et s'installe sur une des deux chaises qui font face à la mienne. Il tente de trouver une position confortable, mais je sais que c'est peine perdue. Le siège qu'il a choisi est celui dont le cannage de l'assise est le moins défoncé des deux, mais cette chaise est bancale. Je me prends à regretter le confort rudimentaire et fonctionnel des bureaux de l'ambassade.

Comme il est cent fois plus occupé que moi, ce qui laisse peu de temps pour les visites amicales, je vais droit au but :

— Que se passe-t-il ? demandé-je en m'emparant de la tasse.

— J'ai une bonne nouvelle et quelques mauvaises.

— D'accord, commence par les mauvaises.

Eren me sourit, il connaissait déjà ma préférence. Lorsqu'il se déplace jusqu'à mon bureau, c'est le plus souvent avec une avalanche de désastres. Alors oui, j'aime bien terminer sur une note positive.

Pendant le quart d'heure qui suit, nous discutons de divers points de tension relatifs à l'organisation des élections qui approchent à grands pas. Rien de dramatique, juste des démarches fastidieuses pour s'assurer que tout est dans les clous. Nous allons organiser ce premier scrutin sous une surveillance rapprochée. Si tout se passe bien, Eren aura définitivement assis sa crédibilité sur le plan international.

Un par un, nous réglons tous les points de la liste qu'il a posée devant moi. Les questions y sont résumées d'un seul mot puis rayées d'un coup de feutre magistral. À l'envers, je déchiffre *Aéroport midi.*

— Et la bonne nouvelle ? demandé-je les yeux rivés sur sa liste.

— Ah oui, la bonne nouvelle, dit-il. C'est qu'aujourd'hui tu vas pouvoir t'échapper du bureau.

Mon regard glisse jusqu'à la pile de dossiers à traiter et je soupire. Évidemment, je crève d'envie de m'échapper de l'enfer de ces quatre murs, mais je suis réaliste : toutes les questions auxquelles je ne réponds pas aujourd'hui n'auront pas miraculeusement disparu dans la journée. Mais Eren ne me laisse pas le temps de protester.

— D'abord tu as besoin de prendre l'air, tu es crevé.

Je hoche la tête, car il ne sert à rien de nier l'évidence. Je passe mes journées au bureau et s'il y avait une salle de bains dans l'immeuble, j'aurais sans doute dressé un lit de camp pour ne pas avoir à perdre de temps en déplacement. Les dix minutes de marche qui me mènent jusqu'à ma chambre d'hôtel sont le seul exercice que j'ai pratiqué depuis mon arrivée ici. Alors oui, c'est certain, je ressemble à un zombie… mais lui aussi. Je m'abstiens cependant de lui demander s'il a croisé un miroir ces derniers jours parce que c'est l'hôpital qui se fout de la charité…

— Ensuite, parce que je ne veux pas confier cette mission à qui que ce soit d'autre.

— D'accord.

J'attends la suite, car ce n'est pas comme si nous manquions de chauffeurs qui puissent aller chercher un colis ou un voyageur.

— Garrett m'a appelé hier pour m'annoncer que son Président avait choisi l'observateur qui représentera les États-Unis pour la surveillance des élections, et il arrive aujourd'hui.

Maintenant je comprends mieux, ma maîtrise de l'anglais à elle seule justifierait son choix, sans parler du fait que mon long séjour à Washington m'a permis de maîtriser les coutumes du pays.

— Je le prends à l'aéroport et je le dépose à l'ambassade ?

Eren secoue la tête.

— Non, l'ambassadeur est débordé et m'a demandé si j'accepterais de l'installer dans une des chambres de notre hôtel. Il a pensé que ce serait plus confortable.

Effectivement, si tout est rudimentaire dans nos bureaux, nos chambres sont somptueuses. Eren a réquisitionné un superbe hôtel à proximité des bureaux, où toute son équipe s'est installée. La facture va être lourde, mais c'est plus facile à gérer pour notre service de sécurité de nous avoir tous rassemblés au même endroit.

— Et je ne veux pas que tu te contentes de le déposer, je veux qu'une fois sur place, tu restes à sa disposition.

— Mais s'il est fatigué et qu'il va se reposer, je pourrais revenir…

— Non, s'il a besoin de faire une sieste, tu peux l'imiter ou aller faire des longueurs dans la piscine qui est au sous-sol. Tu fais ce que tu veux, mais je ne veux pas te revoir au bureau avant demain. Tu as besoin de recharger tes batteries.

Ça fait si longtemps que je n'ai pas eu un moment à moi… des images de ma dernière soirée de totale liberté me viennent en tête, le bal costumé, cette soirée chez l'amie de Dan… Je secoue la tête pour chasser ses pensées de mon esprit. Ce n'est pas le moment de me noyer dans la nostalgie.

Ses instructions données, Eren retourne à son bureau encore plus encombré que le mien et me laisse seul pour tenter d'expédier le plus urgent avant ma demi-journée de semi-liberté.

Quelques heures plus tard, je file dans une des berlines qui appartenaient à notre ancien Président. Je dois reconnaître qu'en matière de voiture, nous n'avons rien à lui reprocher. Elles sont toutes plus somptueuses les unes que les autres et dans un état d'entretien parfait.

J'arrive à l'aéroport quelques minutes avant l'avion. Le représentant des États-Unis arrive par un des vols réguliers qui desservent la capitale une fois par semaine, en provenance de New York. Les responsables de la sécurité de l'aéroport m'ont prévenu, il arrivera dans les premiers par une passerelle qui sera installée à l'avant de l'appareil.

Presque seul dans la salle d'attente VIP, j'observe à travers la grande paroi vitrée l'ouverture de la porte. Une hôtesse apparaît et vérifie le bon arrimage de la passerelle, avant de s'effacer et de laisser place à un couple d'âge moyen. Dans la mesure où je doute fort que l'observateur ait fait le déplacement avec sa femme, mon regard retourne vers le haut des marches. Un homme en costume passe la porte. Il se tient très droit. Une démarche presque militaire. Je parierais sur lui.

Mais non, dans mon dos, une petite fille s'exclame, tout à la joie de voir son père descendre de l'avion.

Un autre homme passe la porte, sa tenue vestimentaire me permet de l'exclure immédiatement.

Je le suis tout de même des yeux jusqu'à ce qu'une autre silhouette s'encadre dans la porte, et là mon cœur s'arrête avant de repartir de plus belle. Le nouveau venu me coupe le souffle… Je le regarde descendre l'escalier, sans oser respirer ni même cligner des yeux de peur de le voir disparaître comme un produit de mon imagination débordante.

— Monsieur Astakupour, appelle une hôtesse au sol.

Bien à regret, je me retourne et fais un geste de la main pour m'identifier. Elle me fait signe de la suivre et lorsque je jette un regard par-dessus mon épaule, l'homme que j'ai cru reconnaître a disparu. À sa place, une foule disparate descend l'escalier. Ai-je rêvé ? Je m'interroge. Depuis mon départ, j'ai cru entrevoir Dan cent fois dans la foule.

— Votre invité vous attend dans le salon des dignitaires, me dit la jeune femme. C'est la dernière porte à gauche dans le couloir.

Je la remercie d'un signe de la tête et poursuis mon chemin sans elle. La main sur la poignée de la porte, je prends une grande respiration. Je veux encore y croire. Et si je n'avais pas eu une nouvelle illusion ? Et si c'était bien Dan, de l'autre côté de la mince cloison ? Il n'y a qu'une façon de le savoir. Je tourne la poignée et ouvre la porte. Dans le petit salon, un homme se tient debout devant la fenêtre et contemple le paysage. Aujourd'hui le ciel est parfaitement dégagé, d'un bleu splendide, et au loin les sommets enneigés reflètent un soleil éblouissant.

Je referme la porte derrière moi et fais quelques pas en avant. Non, je n'ai pas rêvé. C'est bien lui, la carrure de ses épaules, ses cheveux soigneusement coupés, son odeur… tout est familier et si distant à la fois.

— Dan ? mumuré-je.

— Je me demandais si c'était toi qu'Eren enverrait me chercher, répond-il sans se retourner.

— Tu avais deviné juste.

— Je suis heureux que tu aies accepté de venir.

Toutes les réponses qui me viennent à l'esprit sont plus maladroites les unes que les autres. « Je n'ai pas eu le choix » donnerait l'impression que je suis venu contre mon gré. « Il ne m'a pas dit que c'était toi » serait encore pire puisque je laisserais entendre que ma décision aurait pu être différente, si j'avais su la vérité. Alors j'opte pour quelque chose de plus simple :

— Et moi, je suis heureux que tu sois là.

— Vraiment ? demande-t-il un peu sèchement en se retournant les bras croisés.

L'atmosphère de la pièce se charge d'électricité. Il semble à fleur de peau et moi… eh bien je n'en mène pas large non plus.

— Heureux et surpris, ajouté-je doucement.

— Surpris ? dit-il en haussant un sourcil.

— Oui, parce que tu n'as plus donné de nouvelles

depuis…

— Depuis la conférence de presse ?

— C'est ça.

Il se tourne à nouveau vers la baie vitrée et reste silencieux quelques instants.

— J'ai eu besoin de réfléchir… reprend-il. De tenter de deviner à quel moment tu m'as menti et à quel moment tu m'as dit la vérité.

Après avoir juste laissé quelques mots griffonnés sur un bout de papier, j'ai enfoncé le clou en affirmant n'avoir jamais imaginé qu'il veuille me suivre puisque ce qui s'était passé entre nous n'était qu'un « coup de quelques soirs ». Et quelques jours plus tard, j'ai déclaré au monde entier que je craquais pour lui et que mon plus grand regret était de ne pas le lui avoir avoué, avant de partir…

— Et tu es arrivé à quelle conclusion ? lui demandé-je en m'approchant de lui.

Il hausse les épaules.

— Je suis là, alors qu'est-ce que tu crois ?

Le gant de fer qui me serrait le cœur depuis mon entrée dans la pièce relâche son étreinte et je revis.

Un pas de plus et je suis à ses côtés, ma main se glisse dans la sienne, nos doigts s'entrelacent et puis nous nous tournons l'un vers l'autre.

Même si je suis le spécialiste des discours fleuves, je ne trouve rien à dire… et c'est tout naturellement que sa main se glisse dans mon cou pour nous rapprocher plus encore.

Nos visages se font face pour la première fois depuis ce qui me semble une éternité et pourtant rien n'a changé. Cette attirance presque douloureuse est toujours présente. Nos souffles se frôlent, se mélangent.

Et lorsque nos lèvres se rejoignent, je suis le plus heureux des hommes.

CHAPITRE 31

DAN

Je quitte l'aéroport aux côtés d'Erik le cœur battant.

C'est la première fois que je mets les pieds au Terekstan, je devrais être curieux de tout autour de moi. Je suis assailli par les couleurs, les odeurs, les sons, et pourtant, je ne vois rien de tout ça. Mon attention est entièrement concentrée sur l'homme qui marche à mes côtés, une distance respectable entre nous. Est-ce intentionnel ? Nécessaire ? L'homosexualité n'est plus considérée comme un crime depuis quelques semaines seulement, dans le pays. Mais je suppose que les mœurs ne changent pas d'un seul coup. De plus, Erik a une petite notoriété, maintenant, d'après mes renseignements. Il ne tient probablement pas à exposer sa vie privée.

Mais s'il en avait la possibilité, me tiendrait-il la main à cet instant ?

Nous nous sommes embrassés, certes. Mais cela ne signifie peut-être rien. Pour ma part, j'en ai eu envie à l'instant même où j'ai posé les yeux sur lui. C'était impensable pour moi de quitter cette pièce sans avoir goûté à ses lèvres.

Mais pour lui, qu'en est-il ? Est-ce une sorte de réflexe presque pavlovien, ou bien en avait-il autant envie que moi ?

Tout ce qui s'est passé entre nous, tout ce qui pourrait se passer… nous devons mettre les choses à plat. J'ai beau être ici pour une mission professionnelle avant tout, elle devient le cadet de mes soucis. C'est la première fois que ça m'arrive et je n'en suis même pas désolé.

Nous grimpons dans une berline noire aux vitres teintées. Immédiatement, Erik ferme la séparation entre nous et le chauffeur. J'y vois un signe d'espoir bien qu'il tarde à prendre la parole. C'est finalement sa main qui frôle la mienne. Je n'hésite pas, je la saisis. Je suis bien conscient que l'un d'entre nous doit faire le premier pas.

— Je dois…

— Je suis…

Nous avons parlé en même temps. Je lui fais signe d'y aller le premier.

— Je suis désolé, Dan.

— Désolé de quoi ?

Je sais très bien de quoi il veut parler, mais j'ai besoin d'entendre les mots.

— Désolé d'être parti ainsi, désolé de ne pas avoir été honnête.

Je hoche la tête comme si je considérais encore le fait d'être prêt à lui pardonner, alors que mon pouce caresse le dos de sa main.

— Je t'en ai voulu. Beaucoup.

— J'imagine. J'aurais été furieux à ta place.

— Je méritais au moins un au revoir.

— J'avais peur de ne pas être capable de partir si je devais affronter ton regard.

Il soupire avant de poursuivre :

— J'avais peur aussi que tu ne me demandes pas de

rester, que tu ne sembles pas affecté par mon départ. Et je dois avouer que ça aurait été encore plus dur que de te laisser sans t'avoir avoué mes sentiments.

Je ferme les yeux une seconde. Mon cœur bat fort dans ma poitrine et pourtant je me sens apaisé.

— J'ai été en colère, je t'en ai voulu. Comment osais-tu partir après ce qu'on avait vécu ? On n'a pas passé beaucoup de temps ensemble, mais j'ai eu l'impression que ces quelques semaines ont eu l'intensité d'années partagées.

— C'est probablement ce qui arrive quand on survit à plusieurs attaques en l'espace de quelques jours, plaisante-t-il.

— J'étais en colère, mais j'ai compris ensuite pourquoi tu avais fait cela. Car si toi tu avais peur que je ne te retienne pas, de mon côté, j'aurais détesté que tu me ries au nez si j'avais tenté de le faire.

Nos regards à tous les deux tombent sur nos mains jointes.

— On est deux idiots, alors ? Deux idiots qui ont préféré garder ce qu'ils avaient sur le cœur plutôt que de le partager ? demande-t-il.

— Il faut croire que oui, réponds-je en souriant.

Je n'ajoute rien de plus, car la voiture vient de stopper devant un hôtel. Notre destination, je présume. Nous quittons le véhicule et Erik m'indique :

— C'est ici que toute notre équipe réside. Ton ambassade a suggéré que tu puisses y séjourner aussi étant donné que la sécurité y est renforcée.

Je souris, songeant qu'il faudra que je lui dise la vérité. Ce n'est pas l'ambassade qui a donné l'instruction, mais plutôt moi qui ai insisté lourdement. Je suis ici pour ma mission, mais dans mon esprit, elle est indissociable d'Erik. Je ne peux pas envisager être loin de lui quand l'opportunité m'est donnée d'explorer ce truc entre nous.

Nous grimpons les quelques marches qui nous séparent de la réception. Pendant que le chauffeur confie mes valises au bagagiste, Erik récupère la clé de ma chambre. Il me fait signe de le suivre dans l'ascenseur et quand les portes se referment, il me tend un rectangle en carton comprenant deux cartes.

— Voici les clés de ta chambre.

— Merci.

Un moment de silence passe avant qu'il ne demande :

— Tu es là pour combien de temps ?

— Le temps qu'il faudra.

Il hoche la tête, et n'étant pas sûr qu'il lise entre les lignes, j'ajoute :

— On a conclu qu'on était mauvais en communication, alors je vais tenter d'être plus clair. Je suis là parce que le Président me l'a demandé, pour surveiller vos élections. Mais je resterai autant de temps qu'il faudra. Non pas le temps de compter les votes, mais bien celui que toi tu décideras de m'accorder.

Quelque chose traverse son regard noir, qui ressemble étrangement à du soulagement.

— Alors, il serait peut-être temps que je te dise que la deuxième carte est un double de la clé de ma chambre.

Je souris et dis en m'approchant de lui :

— J'ai peur de me perdre dans les couloirs, il vaudrait mieux que tu me montres tout de suite le chemin jusqu'à celle-ci.

— Tu ne veux pas faire un détour par la tienne en premier ?

— Pour découvrir si la salle de bains est à gauche ou à droite ? Je peux tenir quelques heures de plus sans savoir.

Je me penche ensuite vers lui pour chuchoter à son oreille :

— Par contre j'ai toute une liste de choses que j'ai hâte de faire avec toi qui me paraît de plus en plus urgente.

— Comme ? demande-t-il.

— Goûter à ces lèvres…

Je n'ai ni le temps de continuer ma liste ni de mettre en application ma suggestion, car la porte de l'ascenseur s'ouvre.

Erik saisit ma main et m'entraîne dans le couloir en riant. Nous sommes à nouveau insouciants, heureux.

Un bip, une porte qui s'ouvre, et l'instant d'après, je me retrouve le dos plaqué contre un mur, Erik enserrant mon visage de ses mains. Sa bouche se plaque contre la mienne, nos lèvres se dévorent avec folie. Nos langues se retrouvent avec délice, nos vestes tombent au sol. Je gémis son nom, il murmure le mien. Nos corps sont en alerte, tendus par le désir. Pourtant, je stoppe cette effervescence, fidèle à ma promesse de mieux communiquer.

— Tu m'as tellement manqué, Erik.

— Toi aussi.

Il embrasse mon cou et je dois une fois de plus le freiner avant que le désir ne fasse griller totalement mon cerveau.

— Attends !

Il stoppe net. Ses yeux écarquillés me font presque rire. Il ne s'attend probablement pas à ce que je vais lui dire. Va savoir, dans son cerveau, les scénarios qui doivent se développer en ce moment. Il scrute la moindre de mes réactions, le souffle court, et je décide de le sortir de sa misère.

— Je t'aime, Erik Astakupour, je ne te l'ai jamais dit. Mais je pense que c'est important que tu le saches.

Son sourire est le plus franc et le plus heureux que j'ai jamais vu chez quiconque. Il dépose un baiser léger comme une plume sur mes lèvres et pendant une seconde, j'ai peur de ne rien entendre en retour.

— Je t'aime aussi, Dan Patterson. Je t'aime pour tout un tas de raisons que je serai heureux de te lister plus tard. Mais comme ça risque d'être un peu long, je préfère d'abord te le montrer.

— Je suis à 100 % d'accord avec ce plan.

Nous nous embrassons et une fois nos vêtements envolés, nous nous appliquons l'un et l'autre à définir avec nos corps ce que l'amour signifie pour nous, dans ce langage si beau et universel que personne ne devrait jamais remettre en question.

ÉPILOGUE

DAN

— *V*ous pouvez embrasser la mariée.

Garrett et Jenna échangent un baiser digne des meilleurs happy ends hollywoodiens. Les demoiselles d'honneur essuient discrètement des larmes d'émotion et moi-même, je n'en mène pas large. Debout à côté de mon ami en qualité de témoin, je parcours la foule du regard. J'y trouve deux yeux noirs braqués sur moi. Je souris. Cette journée est décidément parfaite.

Quelques minutes plus tard, les mariés ont redescendu l'allée sous les applaudissements et la fête commence. Mais avant de pouvoir rejoindre l'ensemble des convives, je participe aux traditionnelles photos du cortège nuptial avec les mariés. À côté de moi, Jimmy, le responsable de *Florida Security*, s'impatiente :

— C'est bientôt fini, ces photos ?

— Je crois que malheureusement, on en a encore pour un moment, lui réponds-je à voix basse.

— Pitié, Jimmy, tu nous as imposé plus d'une heure de photos à ton propre mariage, ce ne sont pas dix minutes de plus qui vont te tuer, réplique Ted Carter, son ami et patron.

Les deux hommes font partie comme moi des témoins de Garrett. Choix qui n'a pas surpris grand monde connaissant un tant soit peu mon meilleur ami. Même si la plupart du temps, il fait comme s'ils l'agaçaient, je sais qu'il les apprécie énormément. Ne serait-ce que parce qu'ils sont une véritable famille pour Jenna.

— C'est certain qu'en te mariant en cachette, au moins tu nous as évité ça, le tacle Jimmy.

Ted lui lance un regard noir, Jimmy s'amuse et reprend :

— Je suppose qu'il faut voir le bon côté des choses. Il n'y a pas de tirs ennemis, nous ne sommes pas dans une jungle infectée de moustiques ou *en planque dans une toundra glacée à attendre un convoi qui n'arrivera jamais.*

Son emphase me fait deviner qu'il y a une histoire là-dessous.

— Les infos étaient fiables, râle Ted. Je ne pouvais pas deviner qu'une autre équipe avait été envoyée par les Anglais et…

— Est-ce que je veux savoir ? demandé-je.

— Non ! répondent les deux amis en chœur.

Leur réponse me fait rire. C'est vrai qu'ici, au beau milieu du jardin fleuri des Smith, il est dur d'imaginer que la moitié des convives a davantage l'habitude d'évoluer en zone de guerre que dans des garden-parties. Mais c'est le propre de nos métiers : être des caméléons, savoir s'adapter.

La séance photo terminée, je me dirige vers la terrasse où les invités dégustent des cocktails élaborés. D'un rapide coup d'œil, je localise Erik qui est en pleine conversation avec Paul Johnson, un des acteurs les plus prisés d'Hollywood… et élu plusieurs années consécutives homme le plus sexy du pays. Rien que ça… Je dois l'avouer, la vision des deux hommes en smoking n'attire pas que mon seul regard.

Désolé, Mesdames et Messieurs, le brun ténébreux est à moi !

Quant à l'autre, il se murmure qu'après avoir demandé Raven, la meilleure amie de Jenna, en mariage l'année dernière, ils prévoient de convoler eux aussi, d'ici à quelques semaines, dans la plus grande discrétion.

Je m'approche d'eux et glisse mon bras autour de la taille d'Erik.

— Salut.

— Salut, me répond-il amusé.

Je n'essaie pas de marquer mon territoire, ce n'est pas mon genre. Mais je suis tellement heureux de passer du temps avec lui que je ne peux m'empêcher de le toucher. Ces derniers mois ont été les plus heureux de mon existence. J'ai passé beaucoup de temps au Terekstan et je comprends maintenant pourquoi Erik aime tant ce pays et souhaite le voir évoluer.

— Dan ! s'exclame Paul en me serrant la main. Ça fait plaisir de vous revoir. J'étais en train d'apporter mes félicitations à Erik pour la victoire d'Eren Burshta aux élections. Et pour être honnête, j'essaye aussi de négocier un visa pour me rendre au Terekstan. Depuis qu'elle y est allée pour une mission, Raven n'arrête pas de me dire que l'endroit serait parfait pour le film que j'essaie de monter.

— Ce sont les acteurs qui choisissent les lieux de tournage, maintenant ?

Il secoue la tête.

— Non, je passe de l'autre côté de la caméra. À vrai dire, ce n'est pas encore officiel, mais j'ai déjà l'accord du studio, il ne me reste plus qu'à trouver les lieux parfaits pour tourner.

— Eh bien, vous pouvez compter sur moi pour vous aider, dit Erik. Il est vrai que faciliter l'obtention de visas pour les étrangers est dans nos projets, mais je veillerai personnellement à ce que votre dossier soit traité rapidement. Ce serait une belle opportunité pour le Terekstan de se faire connaître par le biais de films. Je ne vous cache pas que le développement du tourisme est une de nos priorités, alors un film réalisé chez nous serait un superbe coup de projecteur.

— Merci, j'apprécie. Maintenant, si vous voulez bien m'excuser, je vais essayer de retrouver ma fiancée puisque la séance photo avec les demoiselles d'honneur a l'air d'être terminée.

Il s'éloigne et Erik me regarde en écarquillant les yeux.

— Tu ne m'avais jamais dit que tu connaissais Paul Johnson !

Je hausse les épaules pour paraître désinvolte.

— Je connais un tas de monde.

— Oui, mais Paul Johnson !

Je plisse les yeux.

— Est-ce que je dois être jaloux ?

— Je dois avouer que fut un temps, il était sur ma liste…

— Ta liste ?

— Tu sais, de personnalités à qui tu ne dirais jamais non, si le plus grand des hasards t'amenait à en croiser une qui te ferait une proposition indécente.

Je fais mine d'être offusqué. Erik éclate de rire et pointe un coin du jardin du bout du menton.

— Mais bon, on dirait que je ne suis pas son genre.

Je suis son geste et constate que Paul est en train d'embrasser Raven, comme si elle était l'oxygène qui lui était nécessaire.

— Bien qu'il y ait une certaine similarité sur la couleur

de cheveux, je crois que c'est à peu près la seule chose que vous avez en commun, fais-je remarquer.

— C'est très bien comme ça, parce que je crois qu'il n'est plus du tout ce qui me fait rêver.

Ses yeux bruns pétillent et s'accrochent aux miens. Je dois me retenir de ne pas l'embrasser tout de suite.

— Ah oui, et qu'est-ce qui te fait rêver maintenant ?

— C'est un peu difficile à décrire avec beaucoup de détails, mais ça se résume en deux mots : Dan Patterson.

Comme à chaque fois qu'il me fait une déclaration, mon cœur accélère et me rappelle qu'il bat tous les jours un peu plus fort pour Erik. Si nous avons eu du mal à nous avouer nos sentiments au départ, nous ne prenons plus de gants maintenant. Je dirais même que c'est devenu vital dans notre relation.

— Tu m'as manqué ces derniers jours, réponds-je.

— Toi aussi, dit-il sur un ton qui me laisse deviner qu'il songe déjà à ce qui se passera après cette réception, quand nous ne serons plus que tous les deux.

Les élections passées, ma mission au Terekstan est presque terminée. J'ai dû rentrer à Washington pour régler quelques détails et aussi aider Garrett et Jenna dans les derniers préparatifs de leur mariage. Erik n'est arrivé qu'hier, et entre le dîner de répétition et mes diverses obligations, c'est à peine si nous nous sommes vus.

— Viens, dit-il en prenant ma main. Je dois te dire quelque chose.

Il m'entraîne dans la maison qui grouille de monde entre les équipes du traiteur, celles d'animation, et les diverses équipes de sécurité des personnalités présentes. Ça va être compliqué de trouver un coin tranquille. Mais heureusement, nous connaissons bien les lieux. Erik ouvre une porte qui est en vérité une pièce de stockage et m'entraîne à l'intérieur.

— Tu sais, maintenant que tu n'es plus dans le placard, je trouve ça étrange que tu aimes t'y réfugier.

— Seulement avec toi, s'amuse-t-il avant de prendre mon visage en coupe et d'écraser ses lèvres sur les miennes.

Nos langues se rencontrent et entament leur danse sensuelle dont je ne suis jamais rassasié. Le corps d'Erik se plaque contre le mien, ferme, rassurant. Au fil des mois, il est devenu mon pilier, mon refuge. Peu importe ce qu'il se passe autour de nous, je sais qu'il sera là à mes côtés, sans aucun doute. Je ne sais pas encore comment vont se passer les prochains mois, à vrai dire, je redoute un peu d'y penser. Ma mission sera bientôt terminée puisque d'ici quelques semaines, le gouvernement élu prendra ses fonctions. Si Erik ne m'a pas officiellement demandé de rester avec lui au Tereskan, je n'ai pas trop de doutes sur le fait que c'est ce qu'il souhaite, mais… je me demande si je devrais mettre le sujet sur le tapis, justement ce week-end ?

Erik rompt notre baiser et dit :

— J'ai un truc à t'annoncer et je suis désolé, je ne pouvais pas attendre la fin du mariage pour te le dire.

J'ai une seconde d'angoisse, rapidement balayée par le sourire confiant d'Erik.

— Eren m'a proposé le poste d'ambassadeur du Terekstan aux États-Unis.

Il me faut plusieurs secondes pour comprendre ce qu'il vient de dire. Je reste muet, la bouche ouverte.

— Mais tu…

— Je travaillerai pour mon pays, comme je l'ai toujours voulu. Je n'ai jamais rêvé d'être ministre, je dirais même que je préfère être dans l'ombre que sur le devant de la scène. Ce poste, c'est la possibilité pour moi de continuer à ouvrir le

Terekstan sur le monde et de solidifier les liens entre nos deux pays. Je connais déjà une partie des équipes et comme me l'a fait justement remarquer Eren, je suis le profil idéal pour prouver au monde que nos deux pays sont dorénavant profondément liés.

— Je ne sais pas quoi dire… c'est vraiment ce que tu veux ?

— Je veux deux choses dans ma vie : toi et aider mon pays. Et si je peux avoir l'un sans faire une concession sur l'autre, c'est juste parfait, non ?

— J'imagine.

Je souris et Erik approche ses lèvres des miennes. Tout contre ma bouche, il murmure :

— Et au cas où tu ne l'aurais pas compris, le poste est à Washington.

— Une très jolie ville, à ce qu'il paraît.

— Et le bâtiment est tout neuf, il vient d'être reconstruit. Il n'y a plus que la déco à faire.

— Génial, j'aurai le droit de choisir les rideaux en tant que conjoint de l'ambassadeur ?

Mon ton laisse clairement comprendre que cette idée ne m'enthousiasme pas.

— Tu feras ce que tu veux, tu t'en occupes ou tu délègues. Par contre, il y a une tradition à laquelle nous ne dérogerons pas.

— Laquelle ?

— C'est le conjoint de l'ambassadeur qui organise la soirée de Noël.

— Oh pitié ! Je déteste ces soirées !

— Je ne comprends pas pourquoi, on y fait d'excellentes rencontres, plaisante-t-il.

— S'il faut en passer par là…

Mais le sourire d'Erik me fait vite comprendre qu'il me fait marcher.

— Tu te moques de moi, n'est-ce pas ?

— Oui, mais avoue que c'est tellement facile.

— Embrasse-moi, idiot, au lieu de dire des bêtises.

— Ça, c'est un ordre dont je ne me lasserai jamais.

Ce baiser est tout aussi torride que le précédent, mais il a quelque chose de plus. Une certitude, une promesse d'une vie à deux, de projets communs. Et si certains d'entre eux consistent en des soirées rébarbatives avec des gens ennuyeux, je m'en moque, car j'aurai à mes côtés la seule personne qui compte vraiment.

NOTES

CHAPITRE 7

1. POTUS : acronyme signifiant President of the United States.

CHAPITRE 14

1. McClane : Personnage de Piège de cristal (Die Hard), interprété par Bruce Willis.

CHAPITRE 17

1. Don't ask, don't tell : la loi américaine obligeait les militaires gays et lesbiennes à dissimuler leur homosexualité sous peine de renvoi. Elle a été abrogée en 2011.

CHAPITRE 20

1. Il existe bien une "ANIMAL VOTING RIGHTS DEFENSE LEAGUE".

CHAPITRE 21

1. POTUS : Abréviation pour President Of The United States.

CHAPITRE 29

1. FLOTUS : First Lady Of The United States, première dame des États-Unis.

Domaine des Masons, 2nde génération

Pour que tu m'aimes encore.

Tu es mon millésime.

L'agence

Prison dorée

Parole d'Or

Silence d'Or

Les frères Rossi

Livio

Matteo

Giovanni

Vincenzo

Wedding Planners

The Wedding girl

The Vegas wedding

Mariage et conséquences

Meurtre à l'autel

Wedding planners — l'intégrale

Love

Love in Provence

Love me if you Cannes

Bay Village

Coup de foudre & quiproquos

Diamant & mauvais karma

Fashion Victime & Volte-face

Domaine des Manons

Quand l'amour s'en mail

L'amour est dans le chai

Je veux un homme qui…

Un soupçon d'imprévu

N'oublie pas les chocolats !

Is it Love ? Adam

Trois fois deux

Les chagrins d'amour font de belles chansons

Million Dollar

Million Dollar Love

Million Dollar Sunset

Million Dollar Crush

Une Faveur

L'Auditrice

La Protectrice

La Voleuse

L'As du Volant

La Profileuse

———

Du mauvais côté de la loi

Artistic License

Lyv

Jade

Noël au Chalet (avec Shannon Macallan).

Sauver Belle + Chaser (Category 5 Knights MC)

———

Les Tornades d'Acier

Froid comme la pierre

Froid brûlant

Fusion froide

À chaud

Chaud bouillant

Chauffé à blanc.

Oublier Doc

Alerte tornade.

Avis de tempête.

Surveillance ouragan.

COMPILATION

Froid (Froid comme la pierre + Froid brûlant + Fusion froide)

Chaud (A chaud + Chaud Bouillant + Chauffé à blanc)

Les Curve Masters.

Hannah

Perdue

Trouvée

Partagée

Tabitha

À PROPOS DE TAMARA

Depuis le succès de son premier roman, The Wedding Girl, publié en autoédition en 2015, Tamara Balliana a continué à écrire des comédies romantiques, développant au fil de ses romans un univers léger et contemporain qui séduit ses lectrices.

Ses livres sont maintenant traduits en espagnol et en italien.

Elle vit dans le sud de la France avec son mari et ses trois filles.

Elle adore avoir des nouvelles de ses lecteurs, n'hésitez pas à la contacter !

http://www.tamaraballiana.com
https://www.facebook.com/tamaraballiana/
https://www.instagram.com/tamaraballiana
tamara.balliana@gmail.com

À PROPOS D'OLIVIA

En 2013, Olivia Rigal a rejoint le mouvement des "Indies" et publié ses premiers romans en anglais.

Ses romances à suspense lui ont permis de figurer à six reprises sur la liste des meilleures vente du journal USA Today.

Depuis 2014 elle les traduit elle-même en français.

Ils sont aujourd'hui aussi disponibles en allemand, espagnol, portugais et italien.

Les histoires qu'elle y raconte peuvent être lues séparément mais il arrive souvent que ses personnages se rencontrent. Vous pouvez donc les retrouver au détour d'un autre roman.

Elle adore bavarder avec ses lecteurs alors surtout n'hésitez pas à la rejoindre en ligne.

Pour être informée des dernières nouvelles n'hésitez pas à rejoindre **le club des lectrices VIP :**
https://oliviarigal.com/VIP_Lectrices
ou à la suivre sur
https://www.facebook.com/AuthorOliviaRigal
https://twitter.com/byoliviarigal
https://www.instagram.com/oliviarigal/
https://www.goodreads.com/author/show/7278618.
Olivia_Rigal
https://www.pinterest.fr/oliviarigal/

NOTES

CHAPITRE 7

1. POTUS : acronyme signifiant President of the United States.

CHAPITRE 14

1. McClane : Personnage de Piège de cristal (Die Hard), interprété par Bruce Willis.

CHAPITRE 17

1. Don't ask, don't tell : la loi américaine obligeait les militaires gays et lesbiennes à dissimuler leur homosexualité sous peine de renvoi. Elle a été abrogée en 2011.

CHAPITRE 20

1. Il existe bien une ”ANIMAL VOTING RIGHTS DEFENSE LEAGUE”.

CHAPITRE 21

1. POTUS : Abréviation pour President Of The United States.

CHAPITRE 29

1. FLOTUS : First Lady Of The United States, première dame des États-Unis.